ちっちゃくなってもきみが好き

真船るのあ

白泉社花丸文庫

ちっちゃくなってもきみが好き　もくじ

イラスト／こうじま奈月《なづき》

ちっちゃくなってもきみが好き

その日、室井翔流《むろいかける》は朝からご機嫌で荷物をまとめていた。

「よし、これで忘れ物はないかな……」

と、最後に狭い寮の室内を見回し、指差し点検する。

ここは翔流が通っている、都内M大の学生寮だ。

小柄で華奢《きやしや》な体格のせいで今でもまだ高校生に間違われてしまう翔流だが、今年の春にM大理工学部三年になった。

就職戦線は年々早くなり、そろそろ将来のことを考えなければならない時期だが、今は夏休みを目の前にして、翔流の心は浮き立っていた。

着替えやらゲームソフトやらでパンパンに膨《ふく》らんだスポーツバッグを肩にかけ、部屋を出ると廊下で友人と擦《す》れ違った。

「あれ、夏休みは実家帰るんだ?」

「いや、弟の親友が今年上京してきたばっかでさ。そいつんちにしばらく居候《いそうろう》させてもらおうかと思って」

「へぇ、弟の友達と仲いいんだ。珍しいな」

「そうか？　ガキの頃からよく一緒に遊んでたから、俺にとっては弟が二人いるようなもんだけどな」

彼、木佐貫一矢《きさぬきかずや》との関係を簡潔に説明するならば、やはり弟の友人として知り合ったと言うのが一番わかりやすいだろう。

翔流の弟、覚《さとる》と同級生の一矢は、家が近所ということもあって小学校の頃からよく家に遊びに来ていた。

学年で二つ違いの弟とも仲が良かった翔流は、自然一矢と三人でキャッチボールをしたりサッカーをしたりするようになり、その付き合いはもう十年以上になる。

中学までは覚と同じ進路を辿《たど》っていた一矢だったが、高校は県内でも名門私立校に進学することになり、おまけに翔流が三年前進学のために上京したせいもあってここ数年は会う機会がなかった。

その一矢から、今年大学進学のために東京に上京すると久しぶりに連絡があった。

新生活で忙しいらしく、今日まで会う機会がなかったが、以来頻繁《ひんぱん》に電話とメールでのやりとりが復活し、故郷を離れた土地に幼馴染《おさななじみ》がいると思うと、翔流もそれだけで心強い思いがした。

そして瞬《また》く間に数カ月が経ち、夏休みを前にする季節になると、一矢から自分の部屋に泊まりに来ないかと誘われたのだ。

故郷でも指折りの資産家として有名なだけあって、一矢の実家は東京にもいくつか不動産物件を所有しており、一矢はそのうちの一つのマンションに住んでいる。

偶然だが、そこは翔流の大学寮から地下鉄で二駅ほどで近かった。

夏休みは実家に帰ろうかとも思ったのだがバイトもあったし、一矢の誘いで翔流の心は決まった。

二つ返事で行くと伝え、こうして荷物をまとめて一矢のマンションへ向かっているというわけだ。

土地勘のない駅だったが、メールで送ってもらった地図を片手に向かうと目指すマンションはすぐに見つかった。

「ここか……すっげぇ億ション」

いかにもセレブ向けの超高級マンションを見上げ、思わずため息が漏れる。

大学生がここで一人暮らしとは、贅沢《ぜいたく》過ぎる環境だ。

一矢の部屋を呼び出してオートロックを解除してもらい、高級ホテル並みのエントランスに入ると、フロント前をおっかなびっくり通過する。

エレベーターに乗り込み、目指す十階で降りると、そのワンフロアにはたった四世帯しかなかった。

その左奥のドアが開き、長身の青年が廊下に出て出迎えてくれる。

「翔流さん、いらっしゃい。久しぶり」

その人懐《ひとなつ》っこい笑顔には確かに見覚えがあったが、幼馴染のあまりの変貌《へんぼう》ぶりに翔流は一瞬言葉を失った。

翔流の記憶の中では、いつでも自分の後について歩いていた、泣き虫で繊細《せんさい》な美少年だった一矢が、今では百八十を超す美丈夫《びじょうふ》に成長していたのだ。

白のざっくりとしたニットセーターにジーンズという軽装だが、その長身と美貌が相《あい》まってとてもよく似合っている。

中学・高校時代は怖ろしいほど女子生徒達からモテていたと覚から聞いてはいたものの、それが大袈裟《おおげさ》ではなかったことを実感した。

正直、テレビなどで見かける芸能人やモデルなどよりも断然一矢の方がイケてる。

二年早く来ているというのに、自分の方が上京したての田舎者のようだ、と翔流は少し恥ずかしくなった。

最近では電話とメールのやりとりばかりだったので、一矢がどんな風に成長しているかまったく念頭に入れていなかっただけに衝撃は大きかった。

「翔流さん……？」

思わず見とれてしまっていると、一矢が訝《いぶか》しげに首を傾《かし》げる。

「はは……びっくりした。見違えたぜ」

1021
KISA

ようやく我《われ》に返り、翔流は照れ隠しにその見事な筋肉がついた二の腕をパンと叩いた。

「でっかくなったなぁ……中学入ったばっかの頃はまだ俺と同じくらいだったのに」

「はは、あの頃、痩《や》せてたからね」

「いったいなに食ったらそんなにでかくなれるんだよ？　教えてほしいくらいだ」

聞くと、十九の誕生日を迎えたというのにまだ伸び続け、現在は百八十三センチもあるという。

高校時代に成長が止まり、百六十七センチから身長が伸び悩んでいる翔流にとっては、羨《うらや》ましい限りだ。

「ご家族は皆、元気か？」

「うん、お陰《かげ》さまで。覚、地元の大学に進学したんだね」

「ああ、あいつは行きたい学部が近くにあったからな」

高校を卒業しても仲のいい二人は、今でも頻繁に連絡を取り合っているらしく、一矢は翔流の家の事情をよく知っていた。

翔流の家はごく一般的なサラリーマン家庭で、地元でも有数の名家の一矢一家とどう付き合えばいいのかと初めは及び腰だったが、一矢の両親はセレブにはありがちなお高く留《と》まったところもなく、一矢の友人として翔流兄弟を歓迎してくれたので、以来ずっと家族ぐるみの付き合いだ。

「翔流さん、ココアだったよね？」

まずはリビングのソファーへ翔流を通すと、一矢が問う。

子供の頃から、ココアが好物だったことを憶えていてくれたのだと嬉しくなったが、キッチンにある立派なコーヒーメーカーが作動しているのに気付き、翔流も聞いてみる。

「一矢は？」

「僕はコーヒー。父さんが使ってたものがそのまま置いてあったんだけど、飲んでみたらけっこうハマっちゃって」

「んじゃ、俺もコーヒー」

本当は普段飲みもしないくせに、一応大人ぶってそう答えた。

淹《い》れたての香り高いコーヒーを青と白のお揃《そろ》いのマグカップに入れて、一矢がテーブルに運んでくれる。

「これ、翔流さんが来るから揃えたんだ。どっちの色がいい？」

「夏の間だけなのに、なんか悪いな。でもサンキュ」

少し考え、翔流が青を選ぶと、一矢は白のカップでブラックのまま口に運んだ。

青を受け取った翔流は、ミルクと砂糖を一つずつ入れて飲んでみたが、いい豆を使って淹れただけあってかなり苦味がある。

「……おいしいけど、ごめん。やっぱココアがいい」

そう素直に白旗《しらはた》を揚《あ》げると、一矢は笑ってココアを淹れ直してくれた。

――はぁ……なんか俺、しょっぱなからかっこ悪いかも。

一矢にいいところを見せたくて大人ぶってみても、一事が万事空回りしてしまっているような気がする。

少々落ち込んでいると、ジーンズの尻ポケットに入れていた携帯電話が鳴り出した。

表示を見ると、電話は郷里にいる弟からだった。

「あ、覚からだ」

そう言って、翔流は一矢にも聞こえるようにスピーカーにして電話に出る。

『もしもし？　もう一矢んち着いた？』

聞こえてきたのは、心配性の弟、覚の声だ。

「ああ、今着いたとこ」

『道に迷わなかった？　兄貴、方向音痴だからな』

「いつの話だよ。今じゃちゃ～んと東京の路線図見て、どこへだって行かれるんだからな。バカにすんなよな」

一矢の手前もあり、翔流は弟相手についそんな見栄《みえ》を張ってしまう。

『あ～～～心配だな。やっぱり俺も東京の大学にすればよかったよ。そしたら二人にいつでも会えるのに』

一矢に匹敵する恵まれた体格ながら、覚はかなりの寂《さび》しがり屋で甘えん坊だ。

彼らしいセリフに、翔流はつい笑ってしまった。

「相変わらずブラコンだな、覚」

一矢も、脇から親友をそうからかう。

『うるさいな、おまえらがいないと寂しいんだよ。悪いか』

と、弟が案外素直にそう認めたので、翔流達は顔を見合わせて笑ってしまった。

「おまえも夏休み、こっちに遊びに来ればいいのに。三人で遊ぼう」

『そうしたいのは山々だけど、こっちで鬼のようにバイト入れちまったんだよな。そのうちぜったい行くから、待ってろよ』

「ああ、わかった」

三人揃うと、あっという間に昔に戻ったようで、和気藹々《わきあいあい》と楽しい会話を終わらせる。

電話を切ると、翔流も思い出したように告げた。

「そういえば俺も、夏休み中は短期集中のバイトしようかと思って。友達がバイト先紹介してくれたんだ。宅配ピザの配達。原チャリの免許取っといてよかった」

「友達って、一番仲がいいって言ってた、橋爪《はしづめ》くんって人？　文化人類学の講義で一緒の？」

「うん」

頷《うなず》きながら、電話でちらっと話しただけのはずなのによく憶えているなと一矢の記憶力の良さに感心する。

一矢は、自分が一度話した友人知人関係は完璧に頭に入っている様子だった。

「大学とここの中間点くらいにある店だから通いやすいし、俺、身体動かす系のバイトやりたかったんだ。どうかな？」

「う～ん、バイクに乗る仕事は危ないいんじゃないかな。店舗内での仕事には回してもらえないの？」

「……希望出せば、聞いてもらえるかもしれないけど」

親に仕送りをしてもらっている身の上なので、当分自分のバイクなど買えない翔流としてはバイトをしながらバイクに乗れるこの仕事は一石二鳥だと思っていたので、一矢が諸《もろ》手《て》を挙げて賛成してくれなかったことに少しがっかりした。

ひょっとして居候させてもらいながらバイトに行くなんて図々しいと思われたのかな、と意《い》気《き》消《しょう》沈《ちん》していると、その気配が伝わったのか、一矢はとりなすように笑った。

「ごめん、よけいな口出しだったよね。危ないんじゃないかと心配になっちゃって」

そう言われ、翔流もほっとする。

「なんだよ、弟分が兄貴の心配なんかすんなって。こう見えてもけっこう安全運転なんだから大丈夫だよ」

なにげなくそう返すと、なぜか一矢の表情がふと悲しげに沈んだ。

が、すぐに普段の彼に戻ったので、翔流はその一瞬の変化に気付かなかった。

「翔流さん、これ」

と、合い鍵を差し出され、翔流はそれを受け取る。

「預かって、いいのか？」

「ないと不便だろ？　僕もたまに家庭教師のバイトしてるから、いない時あるし」

「そうなんだ」

大事に預かるよ、と翔流は小さなミニチュアの可愛い猫がついたキーホルダーつきのそれをポケットにしまった。

家の鍵など、よほど信頼していないと他人に渡すことはできない。

誰かから合い鍵を預けてもらうのはもちろん初めてのことだったので、なんとなく大人になったような気がして嬉しかった。

「そうだ。案内するほど広くないけど、一通り使い方とか説明しようか」

と、一矢が各部屋を案内してくれる。

間取りは３ＳＬＤＫ。

ざっと百平米以上はあるのではないか。

広くないとは、謙遜《けんそん》もいいところだ。

「すごい高級物件だな。大学生が一人暮らしする部屋じゃないだろ、これ」

「僕は普通の部屋にしてくれって頼んだんだけど、父さんが心配だからセキュリティ万全のここに勝手に決めちゃったんだよ。お陰で顰蹙《ひんしゅく》買うから友達も呼べない」

　確かに、安アパート暮らしの学生がここに来たら妬《ねた》まれずには済まないだろう。

　金持ちの息子もなかなか大変だな、と翔流は妙なところに同情した。

「ここ、家族が泊まりに来てもいいように客間にしてあるんだ。好きに使って」

　と、一矢は普段は使っていないという八畳ほどの広さの部屋を案内してくれた。

　客用のベッドと小さな机以外なにもないシンプルな部屋だが、なかなか居心地はよさそうだ。

「家族以外では、ここに泊まるのは翔流さんが初めてだよ」

　と、一矢はなぜか嬉しげに言った。

「家事とか、ぜんぶ自分でやってるのか？」

「うん、父さんは業者派遣してくれるって言ったんだけど、断ったんだ。それじゃ自立できてない気がするから」

　聞けば、掃除に洗濯はもちろんのこと、時間があれば自炊《じすい》もちゃんとしているという。

「すごいな、おまえ。部屋も綺麗だし。俺は寮の相部屋だからって遠慮があって散らかさないように気をつけてるけど、一人暮らしだったら間違いなく部屋は荒れ放題だね」

自慢ではないが家事能力はからきしの翔流は、感心しきりだ。

思えばこの二つ年下の弟分は、昔からなにをやらせても器用でそつがなかった。

その才能は家事にまで及ぶのだな、と尊敬してしまう。

「翔流さんも部屋借りて一人暮らしすればよかったのに。寮っていろいろ制限あるだろ？」

「そりゃあ、まぁな。他人と四六時中一緒だし、いろいろ不便はあるけどさ。やっぱ一人暮らしするより生活費が断然安いし。うちは一矢んとことは違ってしがないサラリーマン家庭だからさ、なるべく親に負担かけないようにしないとな」

翔流が生まれた年に両親が手に入れたマイホームは、まだローンも残っている。

加えて今年は覚も大学に進学したので、両親の経済的負担は大きいのだ。

自分だけ上京させてもらった翔流としては、節約を心がけるしかない。

多少窮屈《きゅうくつ》ではあるが、寮生活もそう悪いことばかりでもない。

友達がたくさんいていつでも会えるし、朝と夜は栄養士が管理した食事付きで自炊の煩《わずら》わしさもない。

「んじゃ、しばらく世話になる。よろしくな」

食費、光熱費は入れるからと申し出るが、そんなことは気にしないでとあっさりかわされる。

「よかったら夏休み中ずっといてよ。僕も、早くこっちに慣れるために今年は実家に帰らないことにしたから」

「そうなんだ」

話しながら、室内を一周してきた二人は再びリビングに戻ってきた。

「見てよ。翔流さんと過ごす夏休みが楽しみで、いろいろ計画立ててたんだ」

と、一矢はラックに差し込んであった何冊ものガイドブックやレジャー情報誌などをテーブルの上に広げる。

「キャンプとか海とか……あ、翔流さんサッカー好きだから、川崎での試合チケット押さえといたんだ」

差し出されたチケットを見ると、それは昔から翔流がファンだったチームの試合だった。

「マジで？　やった！　俺がこのチーム好きなの、よく憶えてたな」

思わずガッツポーズをして喜ぶ翔流に、一矢も破顔《はがん》する。

「憶えてるよ。翔流さんのことなら、なんでも」

万感《ばんかん》が込められたその言葉に、なぜだかどくん、と鼓動が高鳴った。

なぜ幼馴染の一矢相手に、こんな風にどぎまぎしてしまうのだろう？

自分でもよくわからず、

「は、ははは、しばらく会わない間に口まで上手くなったな。女の子にも、しょっちゅうそういうこと言ってるんじゃないのか？」

照れ隠しにそう茶化すと、一矢は少し悲しげな表情になった。

「付き合ってる子なんかいないよ。前に電話で言っただろ？」

「う、うん。聞いたけど……でもおまえなら、いくらだって彼女出来そうだからさ」

一矢の反応に、なにか悪いことを言ってしまっただろうかと翔流は焦《あせ》ってしまう。

「ほら、俺なんか頼りなさそうに見えるからさ、昔からモテた経験ないもんな。一矢がうらやましいよ」

「……確かに、誰かに好意を持ってもらえるのはありがたいことだけど、たとえ百人に好きって言ってもらえたとしても、僕が好きなたった一人に好きになってもらえなきゃ、なんの意味もないよ」

そう答えた一矢の横顔が、ひどく寂しげで。

翔流は、自分がさらに地雷を踏んでしまったことを悟《さと》った。

「そ、そっか……確かにそうだよな」

――一矢の奴、ひょっとして片思いとかしてる子がいるのかな？

今の口ぶりからすると、かなり真剣に想っている相手がいるような気がする。

そう、昔からの付き合いで、一矢が遊び半分で女の子と交際するような人間でないことはよく知っている。

——でも一矢が迫ってなびかない相手って……ひょっとして年上？　も、もしかして人妻とか……⁉

と、つい妄想《もうそう》が飛躍《ひやく》してしまい、慌《あわ》ててぶるぶると首を横に振る。

「翔流さんは？　付き合ってる子、いないんだよね？」

なぜか、一矢は連絡してくると毎回それを確認してくるので、どうしてそんなことが気になるのだろうと不思議だった。

「俺だって何度も言ったろ、確認するまでもねぇよ。こっち来てからだってさっぱりモテなくて、ダチとつるんで遊んでばっかだ」

「そっか」

「こら！　なんだよ、その嬉しそうな顔は」

さては彼女いない仲間が増えて嬉しいのだろうと、翔流は座っている彼の首にふざけてヘッドロックをかけてやった。

「なんでいつも、それ聞くんだ？」

ずっと不思議だったのでそう聞いてみると、一矢は少し困ったような表情になった。

「なぜって……そりゃ気になるよ。翔流さんの彼女になる人がどんなか、知りたい。翔流さんは僕に恋人ができたら会ってみたくない？」

「……あ〜〜確かに言われてみたら、気になるかも」

一応納得したが、そう答えてから、やっぱり現実に一矢の隣《となり》に寄り添う彼女を想像してみるとなんとなく寂しい気がしたので、本音を言えば会いたくないかもしれないとひそかに思った翔流だ。

「まぁ、それはともかく。翔流さん、東京暮らしも三年目だから詳《くわ》しいだろ？　面白そうな場所案内してくれる？」

一矢が話題を変えたので、翔流も少しほっとする。

「いいけど、俺だって決まりきったとこしか行ってないぞ」

そういえばまだ東京スカイツリーすら観光に行ってないやと呟《つぶや》くと、一矢はそれなら一緒に行こうよと屈託のない笑顔を見せた。

「食事当番とか、掃除当番とか決めような」

「いいよ、そんなの。翔流さんはお客さんなんだから」

「そうはいくかよ。ま、料理の腕は保証できないが、出来る限り頑張るってことでよろしくな」

翔流が右手を広げて掲《かか》げてみせると、一矢は心得たように自分も同じようにしてハイタッチしてきた。

それが子供の頃からの、二人の挨拶《あいさつ》だった。

気の置けない一矢との二人暮らしは楽しそうで、夏の始まりに翔流はわくわくしていた。

◇　◇　◇

一矢の部屋に滞在し始めて、瞬《またた》く間に三日が過ぎた。

二人での生活は快適で、特に目立ったトラブルもまだない。

家事も、一矢のところには自動掃除機や食洗機も揃っているので苦にはならなかった。

この日は一矢がチケットをとってくれたサッカーの試合だったので、二人は午前中から会場となる川崎へと向かった。

今日はついでに横浜観光もしようと、一矢が事前にあれこれリサーチしてくれていたのだ。

電車で小一時間ほど揺られて着いた横浜は都会でもあり、港の見える丘公園や異人館、それに中華街など異国情緒溢《あふ》れる観光地も多く、ぶらぶらと見て歩くだけでも楽しい。

翔流は、初めて訪れたこの街がとても気に入った。

せっかく足を伸ばしたのだからと、まず近くにある横浜中華街をぶらつき、ランチに点心やおいしいと評判の中華料理店のバイキングを堪能する。

食後の腹ごなしに山下公園を歩き、念願だった巨大な氷川丸を見上げてはしゃぐ。

「いいとこだな」

「うん。周り、カップルだらけだけどね」

「やっぱデートスポットなのか。男二人だと目立つけど、ま、いっか」

あまり細かいことは気にしない性格の翔流は、単純に観光を楽しんでいたが、一矢はそんな彼の様子に少し複雑な表情だ。

「？　どうかしたのか？」

なぜだか彼が、朝からひどく緊張しているように見えるので、翔流はなにげなく問う。

それに、男二人でサッカー観戦に出かけるにしては、一矢は朝から入念な身仕度を整え、カジュアルではあるがかなり洒落《しゃれ》た出《い》で立ちをしていた。

反面、あまり服に興味のない翔流は普段着のTシャツにジーンズという軽装だ。

「……べつに、なんでもないよ」

そう答えると、一矢は返事とは裏腹に愁《うれ》いを帯びた横顔を見せた。

港を背景にそんな姿を見せられると、まるで映画かなにかのワンシーンのように決まっていて、つい見とれてしまう。

「ねぇ、見て見て」

「きゃ……っ、かっこいい」

すると擦れ違った女性二人連れが、興奮した様子で囁《ささや》き合うのが聞こえてきた。

彼女らの視線は、一矢に釘付《くぎづ》けだ。

そういえば、今日は電車の中でも中華街で食事をしている時も、ずっと人の視線を感じた。

正確に言えば、若い女性達の視線だ。

もちろん、お目当ては一矢だ。

――気持ち、わかるよな。男の俺から見たってかっこいいって思うし。

子供の頃はあんなに華奢で、線の細い美少年だったのに。

たった数年会わないうちに、想像以上のイケメンに成長していた幼馴染に、誇《ほこ》らしいような寂しいような複雑な気分になる。

「ここは暑いね。どこかで冷たいものでも飲もうか。そうだ、横浜ってアイス発祥の地なんだってさ。当時の再現アイスとかあるらしいよ。翔流さん、アイス好きだよね。食べに行く?」

が、そんな翔流の思いなど気付く余地もなく、持参してきたガイドブックを広げ、一矢が言う。

「……おう」

それから二人は馬車道に移動して、赤レンガ倉庫でカップの上にモナカを乗せ、それを砕いて下のアイスと一緒に食べるという、名物のアイスクリームを食べた。

ミルクの味が濃くて、かなりおいしかったが、ここでも観光地だけあって若い女性が多く、男二人でアイスをつつく姿は目立っていたような気がする。


今日の試合は、午後七時からだ。

一通り観光を終え、二人はようやく川崎の試合会場へと向かう。

ちょうど夕飯時だったので、途中買ってきたテイクアウトのハンバーガーとポテトを齧《かじ》りながらメガホンを振り翳《かざ》し、贔屓《ひいき》チームを声の限りに応援する。

試合は延長戦までもつれ込んだが、白熱していたので試合終了のホイッスルが鳴るまではあっという間だった気がする。

「はぁ、喉ガラガラ。声嗄《か》れちゃった」

すっかり熱が入ってしまい、緊張で肩がガチガチになっていたので、会場から駅までの帰り道で翔流は大きく伸びをした。

「翔流さん、気合い入ってたね」

「まぁな、ラスト近くでペナルティキックが入って逆転したとこ、めっちゃ興奮したよな」

贔屓チームが逆転勝利したので、翔流はかなりご機嫌だ。

と、その時。

「翔流さん、危ない」

ふいに一矢が言って、翔流の二の腕を摑《つか》んで引き寄せた。

そのすぐ脇を、かなり速度を出したバイクが走り抜けていく。

服やバッグを引っかけられてもおかしくない距離だったせいか、一矢の力が勢い余って、翔流はふと気付くと彼の腕の中に抱き締められるような恰好になっていた。

その瞬間、ふいに鼓動が大きく音を立てて跳ね上がる。

身長差と体格差があることは自覚していたものの、一矢の腕にすっぽり収まってしまった自分の貧弱さにコンプレックスを刺激され、翔流は無意識のうちに彼を押しのけていた。

拒否されて、一矢がはっとしたように手を引く。

「……ごめん」

「な、なに謝ってんだよ。俺こそ悪い、ちょっとびっくりしちゃっただけだ。気にすんなって」

一矢が想像以上に傷付いた顔をしたので、翔流は慌ててそう弁明した。

——なんで俺、こんなにドキドキしちゃってるんだろう……？

考えても、よくわからない。

一矢に嫌な思いをさせたくなくて、翔流は必死に言葉を探した。

「えっと……今日、すごい楽しかったな」

「うん、次はどこへ行こうか」

一矢も、ほっとしたように話を合わせてくれたので、二人は再び夜道を歩き出した。

「そんな遊んでばっかもいられないだろ。金だってかかるし」

「この時のために、バイトして貯めといたから心配しなくていいよ」

一矢はそう言うけれど、だからといってそれを真《ま》に受けておんぶに抱っこというわけにもいかない。

そう釘を刺そうとしたが。

「僕、浮かれてるみたいだ。ウザかったらごめん。翔流さんに会えるの、すごく楽しみにしてたから」

ぽつりと言われ、なんだか嬉しくて胸にじんときた。

「……ウザくなんかねぇよ。俺なんかと遊ぶの、そんなに楽しいか？」

「楽しいよ。僕は翔流さんといるのが一番楽しい。会えない間は……すごく寂しかったから」

さらりと言われ、翔流は恥ずかしさに顔が熱くなった。

「……バッカ、そんなん言われたら照れるじゃねぇか」

「あ、ほんとだ。翔流さん、耳まで真っ赤だね」

からかわれ、軽く肘鉄を食らわせてやるが、一矢は蚊《か》に刺されたほども感じていないようでむしろ嬉しげだ。

「また翔流さんと一緒に出かけたいな。同じ景色を見て感動したり、同じ物を食べておいしいねって言い合ったりしたいよ」

それってなんだか、友達同士が出かけるというノリではないなぁ、と思いながらも、一矢があまりに真顔で言うので、茶化せず頷く。

「お、おう、わかった」

「約束だよ?」

じゃ、指切りね、と一矢が右手の小指を差し出してくるので、つい笑ってしまった。

「指切りかよ、ガキじゃねぇんだから」

「僕のこと、子供っぽいって思ってる?」

「まぁな、でもおまえが昔とぜんぜん変わってなくて安心した」

言いながら、翔流はその場のノリで自分も右手の小指を差し出してやった。

冗談で済ませると思ったのだが、一矢は真剣に指切りげんまんの歌を歌い、厳《おごそ》かにその儀式を終えた。

絡《から》めた小指が離れた瞬間、なぜだか少し寂しく感じてしまう。

「夏休み中遊べると思って喜んでたけど、きっとすぐ終わっちゃうよ。楽しい時間はあっという間に過ぎるものだから」

「おまえ、夏が始まった早々に暗いこと言ってんなよ」

明るく言ってバンと背中を叩いてやると。

「……翔流さん」

「ん？」

物言いたげに口を開きかけ、結局一矢は首を横に振ってみせた。

「ううん、なんでもない。次の電車、乗れるかも。急ごう」

「おう」

彼がなにを言いかけたのか気になったが、翔流は試合観戦の興奮に気を取られ、さして深く考えずに頷いた。

◇　◇　◇

前の晩帰りが遅かったので、翌朝は普段より少し寝過ごしてしまった。

パジャマ代わりのTシャツに短パン姿のまま、翔流はまだ朦朧《もうろう》とした意識のままバスルームで洗面を済ませる。

そのままダイニングへ向かうと、ソーセージの焼けるいい匂いがしてきた。

ひょいとキッチンを覗くと、一矢が忙しく立ち働いている。

「おはよう、翔流さん。目玉焼きは片目？　両目？」

「両目！　ってか、三つ目がいいな」

「それ、食べ過ぎでしょ」

じゃ、両目ね、と一矢はフライパンの上で器用に片手で卵を割り入れる。

「そうだ、今日俺の当番だろ？」

「いいよ、僕が作りたかったんだから」

一応家事は当番制にしたものの、一矢が率先《そっせん》してこなしてしまうので悪いなと思いつつも、つい甘えてしまう翔流だ。

いつも通りに彼が作ってくれた朝食を、二人でゆっくり食べる。

細身の癖《くせ》によく食べる翔流が三枚目のトーストを頬張っていると、ふいに視線を感じた。目線を上げると、手を止めた一矢がじっとこちらを見つめている。

「なんだよ？　人の顔じろじろ見て」

「いや……不思議だなと思って。翔流さんといると、何年も会ってなかったのが嘘みたいに子供時代にタイムスリップしたような気分になる」

「そうだな。ガキの頃からの付き合いが長いからじゃねぇの？」

親しかった幼馴染や同級生とは、しばらく会わなくてもあっという間に昔の関係に戻れる。

その感覚はよくわかったので、翔流も頷いた。

「確か、翔流さんって目玉焼きにマヨネーズかけて食べてたよね。今でも？」

「ふふん、それが今は進化したんだなぁ、これが」

若干《じゃっかん》得意げに胸を張り、翔流は目玉焼きの上にマヨネーズをかけると、その上に七味唐辛子を少々ふりかけた。

「聞いて驚け！　七味マヨネーズだ」

「……なるほど。よくない方に進化したみたいだね」

「あ、信じてないな？　とりあえず試してみろ、うまいんだから」

「いや、僕は遠慮しとく」

そんなくだらない話をしながら、楽しい朝食を終える。

窓の外を見ると、残念ながら今日は朝から本降りで、湿気が多いせいで不快指数もかなり高かった。

「大雨になっちゃったな。おまえ、今日の予定は？」

「一日空《あ》いてるよ。外出るのも億劫《おっくう》だし、今日は家で遊ぼうか」

と、エアコンを除湿に設定しながら一矢があっさり言うので、少々呆《あき》れてしまう。

自分が来てから、一矢はほとんどずっと一緒にいてバイトにも行く気配がない。

「おまえ、俺が来てからぜんぜんバイト行ってないよな。平気なのか？」

「翔流さんがいる間は一緒に遊びたかったから、空けといたんだよ」

「いいのかよ、そんなんで。俺は明日面接で、受かったらけっこうバイト入れるぞ」

仕送りを極力節約している翔流は万年金欠なので、バイトは必須なのだ。

「わかってる。でも空いてる時は遊んでくれるよね？」

一矢に無心に慕《した》われるのは、内心悪い気はしなかった。

「よし、じゃあ今日は俺のお勧めゲームでもやるか。ソフト持ってきたんだ」

「やるやる！」

あっさり話はまとまり、二人はテレビの前に陣取ってゲームを始めた。

タイムの速さを競うレースゲームなので、ハンドルに見立てたリモコンを左右に振って操作し、相手の進路を妨害したりする。

「あ、翔流さんずるい」

「勝負にずるいもクソもあるかよ」

一矢の操る車体にボディアタックをかまして前に躍《おど》り出たが、次のカーブで抜かされてしまう。

続けて何戦かやったがほぼ一矢の圧勝で、翔流はリモコンを放り出す。

「なんで初めてやったおまえのが上手いんだよ」

「まぐれだって」

「嘘つけ。ほんとになにやらせてもデキる奴だな」

むくれて一矢の大きな背中にもたれかかると、「……重いよ」と苦笑される。

すると一矢は、まるでそれから逃《のが》れるようにキッチンへ飲み物を取りに行くと言ってリビングを出て行ってしまった。

――あれ、ひょっとして俺に触《さわ》られるの嫌なのかな？

そう気付いた瞬間、胸に重いものがのしかかる。

男にベタベタされるのはいただけないと思われたのかもしれないが、なんとなくショックだった。

が、やがて飲み物をトレイに載せて戻ってきた一矢は普段と変わりなかったので、翔流はその些細《ささい》な出来事をすぐに忘れてしまう。

だらだらとゲームをしているうちに、朝が遅かったせいか昼食を食べ損《そこ》ね、少し早い夕食代わりに二人でカレーを作った。

といっても、市販のカレールーを使うものではなく、香辛料やココナッツミルクを使う本格的なタイカレーだったので、ほとんど一矢が下拵《したごしら》えをし、翔流はタイ米を研《と》いだだけだったのだが。

「うまっ！　なにこれ、こんなうまいの初めて食った」

「近くにおいしいタイカレーのお店があって、シェフにコツを教えてもらったんだ。今度一緒に食べに行こうね」

だらだらと寮生活をしている自分と違って、親元を離れたばかりなのに、きちんと自活している一矢に、翔流は尊敬の念を抱《いだ》いた。

「おまえ、偉いよ。一人暮らしでちゃんと自炊してるなんてさ」

キッチンには翔流が今まで見たこともない香辛料や調味料入れが揃っているし、鍋や包丁なども手入れされて使い込まれているのがわかる。

ズボラな自分には到底できないので本気で感心する翔流だったが、一矢は肩を竦《すく》めてみせた。

「ほんとは、一人の時はかなり手抜きなんだ。けど、今は翔流さんがいるから……ちょっとかっこいいとこ見せたくて」

「なんだよ、それ。俺にかっこいいとこ見せたってしょうがないだろ。早いとこ好きな子見つけて、その子に見せろよ」

なにげなくそう言うと、一矢の表情が曇る。

「……うん、そうだね」

——あれ……？　俺またなんか、まずいこと言っちゃった？

なんとなく気まずい雰囲気になってしまい、翔流は慌てた。

「し、心配すんな。おまえくらいかっこよかったら、明日にだって彼女できるって！」

励《はげ》ますつもりで大きな背中をバンと叩くと、一矢は無言で立ち上がった。

「ど、どこ行くんだ？」

「……シャワー浴びてくる」

「……そっか」

一人取り残され、翔流は戸惑う。

——なにが気に障《さわ》ったんだろ……？　なんか一矢の駄目ツボってわかんねぇや。昔はそんな気難《きむずか》しい奴じゃなかったけどなぁ。

いくら考えても、わからない。

だが自分が少々無神経なところがあるのは一応自覚しているので、これからは発言や言動に気をつけようと翔流はひそかに反省した。


大型台風が接近しているせいか、前日一日中降り続いた雨は翌朝になっても止《や》む気配はなかった。

掃除当番で自動掃除機を走らせつつ、窓拭きをしていた翔流は窓の外を覗く。

横なぐりの雨は、少し表に出ただけでびしょ濡れになってしまいそうな勢いだ。

「雨、止まないな」

「午後になっても止まなくても、そろそろ食料がないから買い出しに行かないと」

「あ、俺も一緒に行くよ。荷物持ちするし」

ということで話はまとまり、とりあえず午前中は家事を済ませた後二人は天候の様子を見ながら将棋をさすことにした。

小学生の頃、翔流が弟と一矢にルールを手解《てほど》きしてやったのだが、ここ数年は将棋盤に触ることもなかったので久しぶりだ。

「昔よりはちょっと強くなったよ」

「へぇ、お手並み拝見といこうじゃないか」

一矢が所持していたのは二つ折の持ち運びに便利な携帯用将棋盤だったが、二人はそれを前に真剣な表情で向き合った。

言葉通り、昔は負けてばかりだった一矢が随分と腕を上げたので、翔流も手加減できず全力でぶつかる。

無心に駒《こま》を進めながら、いつのまにか時間潰《つぶ》しということも忘れて勝負に没頭《ぼっとう》していた。

「なんか、こういうの楽しいな。まるで二人で暮らしてるみたいで」

なにげなくそう感想を述べると、一矢がこちらを見上げる。

「僕といて、楽しい？」

「当たり前だろ。寮ではダチがいっぱいいるけど、それとはまた違って新鮮な感じだ」

パチリ、と駒の音が室内に響いた後、一拍置いて一矢が口を開いた。

「翔流さんさえよければ、このままここで同居しない？」

「え……？」

思いもよらぬ申し出に翔流が言葉を失うが、盤面に視線を落としたまま一矢は早口に続ける。

「ほら、うちなら家賃かからないから食費光熱費だって寮費より安くあがるかもしれないし、僕も一人より翔流さんがいてくれれば、なにかと安心だし」

あまりに突然だったので、一矢が本気で言っているのか、それとも冗談と聞き流すべきなのかわからなくて、翔流は戸惑った。

「気持ちはありがたいけど……夏だけならともかくさ、いくら俺でも、そこまで図々しいことできないって」

とりあえず無難な返事をすると、一矢は返事をしなかった。

また機嫌を損ねてしまっただろうか、と少し気に病んでいると。

「翔流さん、そろそろ就職活動だよね。どっち方面に就職したいの？」

と、彼はこれまた唐突に話題を変えてきた。

「就職か？　ん〜〜〜一応教職免許取ってるから、できれば学校の先生になれたらいいんだけどな」

話題が変わったことにほっとして、答える。

ずっと以前から教職に就《つ》きたいと思っていた翔流は、一般企業に就職するより教師になる夢を叶《かな》えるために頑張っていた。

「教師か、翔流さんには合ってそうだね」

「ほんとにそう思うか？」

「うん、いい先生になりそう」

「子供と精神年齢近いからとか言ったら、殴るからな？」

「言わないよ、そんなこと」

でもそう思うってことは、ひょっとして自覚あるんじゃない？　などと言われ、翔流は即座に立ち上がり、腕四の字固めを決めてやった。

「痛たた……ごめん！　嘘です」

「ったく、一言多いんだよ、おまえは」

プロレス技を決めてご機嫌でいると、ふいにふわりと身体が浮き、あっという間に仰向《あおむ》けにされる。

ふと気付いた時には、翔流は一矢に両手首を摑まれ、床の上に磔《はりつけ》にされていた。

「ふふ、形勢逆転だね。さぁ、どうする？」

ふざけてのしかかってきた彼の顔が、思いのほか近くて。

なぜだかわからないが、どくん、と鼓動が跳ね上がった。

困惑して黙り込むと、一矢もふと真顔になる。

「……翔流さん」

なにか、物言いたげな表情。

自分より一回り大きな手が手首から離れ、怖々《こわごわ》と頰《ほお》に触れてくる。

友人とのスキンシップは多少あるが、こんな風に人に触れられた経験がなかった翔流は、びくりと身を震わせた。

その反応に我に返ったのか、一矢もすぐ手を引っ込めて翔流の身体の上からどいた。

気まずい沈黙があり、その空気をごまかすために翔流は勢いよく跳ね起きる。

「あ～あ、おまえのが体格いいんだから俺が負けるの当たり前じゃんか。ちょっとは手加減しろよな」

「……ごめん」

また、二人の間にさきほどの微妙な空気が流れる。

この沈黙が居心地が悪くて、翔流はわざと陽気に振る舞うふりをして窓の外を覗いた。

「お、雨小降りになってきた。買い出し行くか」

これ以上二人きりで部屋にいるのは気詰まりだったので、そう誘ってみると、一矢も「……そうだね」とほっとしたように同意した。

こうして霧雨《きりさめ》になり、一旦《いったん》止んだので今のうちにと二人で急いで近所のスーパーへと向かう。

ところが三十分ほどして買い物を済ませ、店を出た時には朝よりひどい横殴りの雨になっていた。

「やられた……」

「傘、持ってくるべきだったね」

店先でしばらく様子を見たが、一向《いっこう》に止む気配がないので、二人はやむなく雨の中を走ってマンションに戻った。

エントランスに入った時には、それこそ濡れ鼠《ねずみ》でひどい有様だった。

「ひゃ〜〜〜靴の中までびっしょりで気持ち悪い！」

頭の先から爪先《つまさき》までずぶ濡れで、とにかく部屋を濡らしてはまずいと二人はそのままバスルームへと駆け込み、着ていたシャツを脱いで水気を絞《しぼ》った。

「翔流さん、風邪引いちゃうからすぐシャワー浴びて」

一矢にそう促《うなが》されるが、ずぶ濡れなのは二人とも一緒だ。

「おまえだって、そんな恰好で待ってたら風邪引くだろ。男同士なんだから一緒にささっとシャワー浴びちゃおうぜ」

翔流がなにげなくそう言うと、一矢はなぜかぎくりと動きを止めた。

「一矢？」

「……ほんとに、僕は後でいいから先に浴びて」

そう言い残し、一矢は足早にバスルームを出て行った。

——ったく、今朝からなんなんだ、あいつは。難しいお年頃なのか？

さっぱり一矢の考えていることがわからず、翔流は首を傾げながらもとにかく手早くシャワーを浴びる。

早く一矢に交替するために下着と部屋着のバミューダパンツだけを穿《は》き、頭からバスタオルを被《かぶ》った恰好でリビングへと急いだ。

「一矢、風呂空いたぞ。お先に」

シャンプー後の濡れた髪をがしがしと拭き、熱かったのでバスタオルをテーブルに置いてクーラーの下で上半身裸のまま涼む。

「ああ、うん」

ちょうどキッチンで買ってきた食料を冷蔵庫に入れていた一矢が振り返り、翔流の恰好を見てぎょっとしたように動きを止めた。

「なんだよ？」

「……こら、そんな恰好でうろうろしない」

と、背中から放り出していたバスタオルをかけられ、翔流は首を傾げた。

「なんで？　別にいいじゃん、男同士なんだから」

「……冷房効いてるし、翔流さんが風邪引いたら困るよ」

「そんなヤワじゃねぇよ。見ろ！　俺の筋肉美を」

と、力コブを作ってみせる翔流に、一矢は困ったような笑みを浮かべた。

そして、つと視線を逸《そ》らすとそのままバスルームに行ってしまったので、一人残された翔流は少し驚いた。

――やばい……俺の裸って、見るに耐えないのかも……？

ガリガリで筋肉がつきにくいのは自覚しているので、もしかしたらこんな身体を見せて不快にさせてしまったのかもしれないと反省する。

これからは気をつけようと思いつつ、翔流はため息をつく。

一矢と一緒にいると、楽しい。

けれどなぜだか、時折《ときおり》彼が見せる真剣な眼差《まなざ》しが落ち着かないのだ。

そばにいたいような、でも胸苦しいような、なんとも表現の難しい感情だった。

――おかしいな……なんでこんなに一矢のこと、意識しちゃうんだろう？

考えてもよくわからず、翔流は首を捻《ひね》るばかりだ。

――なんか、思ってたのと違うな……。

想像では、子供の頃のように気兼《きが》ねなく過ごせると思っていたのに、些細《ささい》な食い違いが重なって。

なんだか一矢との距離感が摑めなくて、どうもしっくりこない。

そう、まるで二人の間に、目に見えない壁が存在するかのように。

自分に対して一矢が遠慮をしているような、なにか言いたいことを我慢しているような気がして、今までになかった距離を感じてしまうのだ。

少し寂しい気分になって、翔流はそそくさと着替えのTシャツに袖《そで》を通した。

◇　◇　◇

翌日のピザ宅配の面接はすんなり決まり、来週から働くことになった。

――一矢の奴、あんま賛成できないってカンジだったのがちょっと気になるけど。

最近ちょっとぎくしゃくしているだけに、余計にそれが心に引っかかる。

機嫌を取ろうというわけではなかったが、コンビニに寄って一矢の好きな銘柄《めいがら》のポテトチップを買ってきたので、二人で食べよう。

そう考え、翔流は足取りも軽くマンションのエレベーターに乗り込んだ。

いつもは玄関のチャイムを鳴らすのだが、今日はちょっとびっくりさせてやろうかな、とこっそり合い鍵で玄関を開け、とりあえず廊下に鞄だけ下ろすとコンビニの袋だけ持って足音を殺し、一矢の部屋まで急ぐ。

すると一矢は誰かと電話中らしく、廊下まで話し声が聞こえてきた。

――電話中か。誰と話してるんだろ？

深く考えず、ノックしようかどうしようか迷っていると。

「……本当は、少し後悔してるんだ。夏休みの間だけでも、翔流さんと一緒に暮らそうとしたこと」

一矢の呟きが耳に届き、心臓が止まりそうになった。

ノックのために振り上げかけた手を思わず下ろし、その場に立ち尽くしていると、呻《うめ》くような声がさらに追い打ちをかけてきた。

「もう、限界なんだ……耐えられそうにない。覚、僕はどうしたらいい……？」

どうやら電話の相手は覚のようだった。

——そっか……そうだったんだ……。

このところずっとつきまとっていた違和感の正体が、ようやく明らかになる。

一矢は自分が疎《うと》ましくなっていたのだ。

それにまったく気付かず、一人浮かれていた自分が恥ずかしかった。

——一矢、そんなに俺のこと、嫌だったんだ……。

まさか弟に愚痴電話をされるほど嫌われていたとは思わず、かなりショックだった。

その時、動揺が手元に現れたのか、左手に持っていたコンビニのレジ袋が床に落ち、大きな音を立てる。

まずい、と思ったが時すでに遅しで、中からドアが開き、一矢が廊下に出てきてしまった。

「翔流さん……」

話を聞かれたのを察したのだろう、一矢も顔面蒼白《そうはく》になっている。

「悪い、聞くつもりじゃなかったんだけど……聞こえちゃって」

気まずさをなんとかごまかそうと、翔流は無理に笑ってみせた。

「……はは、なんだ、そっか……そうなんだ」

「……翔流さん」

「ごめん……俺、家事とか料理も下手だし、一矢みたくなんでも器用にこなせないし、あんま気ぃ利《き》かないしガサツだし、そりゃイラつくよな」

強張った笑顔で、自分を納得させるためにそう呟いたが、胸の痛みはひどくなるばかりだ。

翔流はこの痛みがなんなのか、よくわからなくて苛立《いらだ》った。

「けど……そんならそうと、はっきり言えばいいじゃないか。俺、おまえに嫌われてまで置いてもらおうとはとは思わねぇよ」

「違うんだ、そういうんじゃないんだよ」

「じゃ、どういう意味なんだよ⁉」

そう叫ぶと、一矢は返事に困った様子で黙り込んだ。

昨日、一緒に暮らそうとまで言った癖に。

たった一晩でそれが百八十度変わってしまった一矢の襟首《えりくび》を摑んで、理由を問い詰めたい。

この期《ご》に及《およ》んでもはっきり言ってくれない彼の態度に、かっと頭に血が上る。

「もういいよ……！」

これ以上ここにいたらもっとひどいことを口走ってしまいそうで、翔流は部屋を飛び出した。

「待って、翔流さん……！」

背中から一矢の声が追い縋《すが》るのを無視してエレベーターに駆け乗り、マンションを後にする。

だが、まだこちらに来たばかりの翔流には周辺の土地勘がなく、そして行くアテなどどこにもなかった。

しかも、廊下に鞄も置いてきてしまったので財布もなく、あるのはジーンズの尻ポケットに入っていた携帯電話だけだ。

——あ〜あ、最悪……。

曇天《どんてん》の空を振り仰《あお》ぎ、ため息を落とす。

一矢とのケンカは、子供時代からいつもこうだ。

大抵は寡黙《かもく》で人が好《よ》過ぎる一矢が損をするのを見ていられずに自分が怒り出し、なにも悪くない一矢が謝り、それで仲直り。

年下なのに、大抵のことは折れてくれる一矢の方がずっと大人で、自分の方が子供なのはよくわかっているからこそ、悔しいのだ。

――ガキの頃は、いつも俺が一矢を庇《かば》ってたのにな。

小学生の頃の一矢は神経質で食が細く、痩せていて背も低かった。

だが、整った顔立ちで同級生の女子達から絶大な人気があり、その上地元ではその名を知られた資産家の息子ということもあって、男の子達からやっかみ半分でいじめられることが多かった。

そんな時、翔流はいつも一矢の前に立ちはだかり、『一矢は俺の弟分だ。こいつをいじめる奴は俺がただじゃおかないからな！』と啖呵《たんか》を切っていた。

時には取っ組み合いのケンカにもなったが、すばしこくて身の軽い翔流は腕っ節《ぶし》ではなく敵の攻撃をかわすことに長《た》けていて、彼らの戦意を喪失《そうしつ》させるのがうまかった。

それでも多少擦り傷などをこしらえると、一矢が半泣きで手当てをしてくれた。

『翔流兄ちゃんは僕のヒーローだ』

それが、子供の頃の一矢の口癖だったことが懐かしい。

今ではなにもかも、逆転してしまっている。

中学、高校になると剣道部に入部し、身体を鍛《きた》え始めた一矢はだんだんと頑健《がんけん》になり、めきめきと背が伸びたようだ。

一方、翔流は思ったほど背も伸びず、身体つきも華奢なままでなかなか筋肉もつかない。いつも見下ろしていた一矢を、しばらく会わないうちにいつのまにか顎《あご》を上げて見上げなければならなくなっていて愕然《がくぜん》とした。

今では体格差も一回りあり、一矢と並んで歩くと少々コンプレックスが刺激されてしまうのは否《いな》めない。

それでも、翔流にとって一矢は大切な年下の幼馴染だった。


アテもなく彷徨《さまよ》っているうちに、ついに曇天から雨がぱらついてきて、まさに泣きっ面《つら》に蜂《はち》とはこのことだった。

どうもこのところ、連続で台風が接近していて天候には恵まれない。

一文無しで傘を買う金もないので、どこか雨宿りできる場所はないか、と翔流は周囲を見回す。

すると、路地の奥に小さな赤い鳥居《とりい》が見えた。

――あれ、こんなとこに神社なんかあったかな……？

二、三度通った道だったが、今までまったく気がつかなかった。なんとなく路地に足を踏み入れ、鳥居のある方に近付いてみる。

住宅街の一角に、ひっそりと誰にも知られることなく存在しているように、その神社はあった。

猫の額ほどの小さな神社だったが、入り口には小ぶりながらもちゃんと左右に狛犬《こまいぬ》が配置されている。

鳥居を潜《くぐ》り、敷地内へ入ると御神体《ごしんたい》のある本殿には庇《ひさし》があり、雨は凌《しの》げそうだった。

――すいません、ちょっとだけ雨宿りさせてください。

まず最初に賽銭箱《さいせんばこ》の前で両手を合わせ、挨拶する。

小銭すら持っていないのでお賽銭もあげられないのに少々罪悪感を覚えながら軒先《のきさき》にしゃがみ込み、雨足が弱まるのをじっと待ったが、なかなか止みそうにない。

庇を叩く、激しい雨音だけが静寂の中に響く。

こうしていると、ここだけがまるで別世界のようで、本当に都内なのかと疑うほどの静けさだった。

暇でなんとなく境内を見回すと、草がぼうぼうに生え、荒れ果てた様子が目についた。

ここしばらく、まったく手入れされていないようだ。

世間から忘れ去られた神社に、果たして神様はいるのだろうか？

るんだよ。

――日本には、八百万《やおよろず》の神様がいらっしゃる。万物《ばんぶつ》にはすべて神様が宿ってらっしゃるんだよ。

その時、翔流はふと一昨年亡くなった祖母の言葉を思い出した。

特定の宗教を信仰《しんこう》していたというわけではなかったが、昔から信心《しんじん》深かった祖母は、母の実家近くの神社の氏子《うじこ》も引き受けていて、境内の掃除など率先して引き受ける人だった。

よい行いをして、それが自分に返ってこなくてもいい、自分の孫子の代に戻ってくればいいというのが彼女の口癖だった。

父親の実家によく遊びに行っていた翔流も、彼女に連れられ、子供の頃何度も神社の掃除を手伝ったことがあった。

その時のことを懐かしく思い出し、亡くなった祖母を偲《しの》ぶ。

ぼんやりと考えごとをしているうちに、境内《けいだい》に転がっている空き缶やコンビニのビニール袋などのゴミが妙に気になってきた。

そのまま様子を見ていると少し雨が小降りになってきたので、翔流は片隅に放置され、ボロボロに劣化していた箒《ほうき》を使い、本殿周辺の掃き掃除を始めた。

ざっと大きなゴミをひとまとめにし、一か所にまとめる。

それから、ついでなので境内に生《お》い茂る雑草も抜く。

軽く掃除をするだけのつもりだったのに、やり始めるとキリがなくて、次第に熱中してしまっていた。

じっとしていると間違いなく余計なことを考えてしまうので、こうした単純作業がちょうどよかったのかもしれない。

雨宿りで入り込んだはずなのに、しとしとと降る雨の中で掃除に熱中するうちに結局かなり濡れてしまう。

それでも翔流は一心不乱に草むしりに没頭し、いつしかすっかり雨は止んでいた。

「はぁ……なにやってんだ、俺は」

自分でも呆れてしまったが、境内は見違えるほど綺麗になったので気分はすっきりする。

最後に、敷地の隅に咲いていた小さな白い花を一輪摘《つ》み、お賽銭代わりにそっと賽銭箱の上に置いてもう一度手を合わせた。

「雨宿りさせていただき、ありがとうございました」

そう礼を告げ、翔流はしっとりと雨に濡れた木立《こだち》の下を潜り、神社を後にした。

無心に掃除をしているうちに気分も落ち着いてきたので、戻ってちゃんと一矢と話をしよう、そう思えるようになった。

それでも、やはりあんな飛び出し方をしてしまったので、非常に帰りにくい。

少しでも遠回りをして時間を稼ごうと、翔流は無意味に近所をうろうろする羽目になった。

——戻ったらちゃんと謝って、それからどこが悪かったのか理由を聞いて……俺の悪いとこ、直すように努力したら、一矢許してくれるかな……？

確認するのが一番怖いのが、それだ。

それとも、潔《いさぎよ》く寮へ引き揚げ、一矢とはこのまま距離を置いた方がいいのだろうか。

一矢に嫌われた現実を認めたくなくて、どうしても足がマンションに向いてくれない。

もう、二度と会いたくないと言われてしまったらどうしよう。

そう想像しただけで足が止まり、翔流は思い詰めた表情で歩道に立ち尽くした。

と、その時。

「翔流さん！」

嫌でも聞き覚えのある声に名を呼ばれ、翔流はびくりと身を震わせる。

おそるおそる振り返ると、一つ向こうの曲がり角から飛び出してきた一矢の姿が見えた。

どうやら、あれからずっと自分を探していたらしいと察し、翔流は激しく動揺する。

その場に硬直しているうちに、一矢は息を切らせてこちらへ走ってくる。

会えば、話をしなければならなくなる。

——やだっ、聞きたくない……！

咄嗟《とっさ》にそう思った翔流は、一矢に背を向けて逃げ出していた。

「待って、翔流さん！」

背中から一矢の声が追い縋《すが》ってくるが、無視して全速力で走る。

とにかく彼から逃げることばかり頭にあって、前方不注意のまま路地から飛び出してしまった。

すると、大通りを走っていた小型ワゴンが目の前に迫ってきて、あっと思う間もなく全身に衝撃が来る。

ふわりと身体が宙に浮き、背中からコンクリートの地面に叩きつけられた。

すべてが、まさに一瞬のうちの出来事だった。

「翔流さん……!!」

悲鳴のような一矢の叫びが聞こえ、翔流はゆっくりと瞳を閉じる。

自分の身になにが起こったのか、まだよくわからなかったが、全身が焼けるように痛んで身動き一つ出来ない。

「か……ず……っ」

必死で彼の名を呼ぼうとするが、声がうまく出なかった。

やがて呼吸すらままならなくなって、翔流の意識はゆっくりと暗闇の中へと引きずり込まれていった。

どれくらい、時間が経っただろう。

ふと、翔流は自分が空に浮いていることに気付く。

もう身体の痛みは、どこにも感じない。

なにげなく下を見下ろすと、道路の上に仰向けに横たわった自分の姿が見えた。

額から血を流し、目を閉じた自分はぴくりとも動かない。

——あれ、なに……？　俺、ここにいるのに、なんであそこにも俺がいるんだよ⁉

訳がわからず、翔流はパニックに陥《おちい》る。

とその時、頭上から玲瓏《れいろう》とした声音《こわね》が響いてきた。

「車に轢《ひ》かれて死ぬとは、主《ぬし》も相当そそっかしいのぅ」

声のする方角へ顔を上げ、翔流は絶句した。

自分と同じく、空中に浮遊している青年がいたのだ。

それも平安時代の貴族のような、白い直衣《のうし》姿で、特筆すべきはそのみごとな銀髪だ。

絹糸《きぬいと》のように美しい白銀の髪を腰まで伸ばしたその姿は、どこをどう見ても現代人には見えない。

加えて、はっと息を呑むほどの美貌で、翔流は男でも女でも、今までこれほどの美形を目近《めぢか》で見るのは初めてだった。

——ひ、ひょっとして、幽霊……!?

自慢ではないが、かなりの怖がりで子供の頃から怪談話などを聞かされると一人でトイレにも行かれない翔流は、パニック倍増だった。

「幽霊ではないぞ、失敬な童《わらわ》じゃ」

まるで自分の考えを見透《みす》かしたように、美青年が手にした緋扇《ひせん》を振って笑う。

その所作《しょさ》が実に優雅で、まるで舞《まい》かなにかを見ているようでつい見とれてしまってから、翔流は慌てて我に返った。

「じゃ、じゃあなんなんですか？」

怖かったが、勇気を振り絞って質問すると、美青年は胸を張って答えた。

「我《われ》か？　我はあの神社に住まうものだ」

「神社……？」

言われてようやく、さきほど掃除した神社のことを思い出す。

神社に住むとすれば、普通は神社を管理している神職か神主なのだろうが、普通の神主は宙には浮かないはずだ、多分。

「……じゃ、ひょっとして神様……なんですか？」

おそるおそる尋《たず》ねると、彼は意味深な流し目をくれた。

「ま、主《ぬし》らの認識ではそのようなものと思っておけばよかろう」

「……」

おいおい、肯定されちゃったよ！

　頭を打ったのは俺で、この人じゃないはずなんだけどな、と思っているとじろりと睨《にら》まれ、翔流は首を竦める。

この美青年、神様というより人の考えを読む妖怪サトリのようだ。

「我のことは、そうさな……ミコト様とでも呼ぶがいい。特別に許す」

「……はぁ」

ふわふわと空中を漂いながら、この美形だけど頭がちょっと残念な人の相手をするのにだんだん疲れてきた翔流は生返事をする。

そうだ、これはきっと悪い夢なんだ。

目を閉じたら一矢のマンションのベッドの上で、今日の一矢の発言もなにもかもが夢で、きっとすべて丸く収まるはず。

ついでに一矢に嫌われてしまったことも、夢だったら言うことなしだ。

翔流は考えることを放棄《ほうき》して、目を閉じる。

「こら、現実逃避をするでない。主はあの走る鉄の塊にぶつかって死んだのだ。それは受け入れねばならぬ」

「……ええっ⁉」

ここに至って、翔流はようやく状況を理解して今更ながら青ざめた。

「そ、それじゃ俺が死んじゃったから、神様がお迎えに来たってことなんですか⁉」

「それは我ではない。彼奴《あやつ》の仕事じゃ」

と、ミコトが扇を翻《ひるがえ》す。

すると一陣《いちじん》の風が吹き、今度は黒ずくめの長身の青年が現れた。

ミコトとは正反対に黒の直衣姿に、巻き毛がかったぬばたまの黒髪、こちらも相当の美丈夫だが、口調は驚くほど軽かった。

「これはこれはミコト様、ここんとこご無沙汰《ぶさた》でしたな〜。いや、相変わらずの別嬪《べっぴん》さんで久々に目の保養さしてもらいましたわ。ところでこんなとこで、なにしてはりますのん？　うち？　うちはこれ、ただいま死にたてほやほやの魂の回収ですわ。これさっさと天界に届けて、次に行かんとあきまへん。いやぁ、今日びこの仕事のなり手が少のうて、そこそこ中間管理職のうちかってスケジュール分刻みですねん。もう、デートする時間ものうてあきませんわ〜。誰ぞええ人材おったらこっち回してもらえませんか？」

ここまでを一息に喋り、彼は翔流に向かって言った。

「室井翔流、二十歳で間違いないな？」

「は、はい、そうですけど……」

黒髪の青年に確認され、翔流は戸惑《とまど》いながらも頷く。

「よっしゃ、はいはい、こっちへおいで」

と、なぜか関西弁の青年は翔流に向かって手を伸ばす。

だが、来いと言われて素直についていくには相手の風体《ふうてい》が怪し過ぎる。

「あ、あなたは誰なんですか⁉」

思い切り警戒してそう問うと、彼は大仰《おおぎょう》に肩を竦めてみせた。

「はぁ、この展開で出てきたらどんな阿呆《あほ》でも察しつくやろうに。うちは人間の魂回収に来た死神ですわ。心配せんでも、ちゃ～んと上に連れてったるさかいに。ま、天国へ振り分けられるか地獄行きかは閻魔《えんま》様の采配《さいはい》次第ですけどなぁ」

「……」

――またヘンなの来ちゃったよ……！

自称神様と死神の間に挟まれ、翔流は途方《とほう》に暮れた。

自分が既《すで》に死んでいるなど、到底信じられない。

だが、空に浮いている身体に実態感はなく、なにより足元に見える自分の姿を見ればこの現実を受け入れないわけにもいかなかった。

「……ほんとに、俺死んじゃったんですか？」

「あ～～当たりどころ悪かったんやな。ほぼ即死で苦しまんかったんが、せめてもの救いや」

直衣の懐《ふところ》から取り出したタブレット画面を指先で操《あやつ》りながら、死神が解説してくれる。

現代の天界も電脳世界なのだろうか、と突っ込む気力もなく、翔流はその場にへたり込んだ。

「俺……まだ死にたくない……っ！　このまま死んだら、あいつ……一矢は自分が追いかけたせいで俺が事故ったって、一生自分を責めて生きなきゃならなくなる。そんなの……絶対駄目だ……！」

自分のせいで一矢が苦しむのは見たくない。

翔流は必死だった。

「お願いします！　どうか見逃してください、この通りです……！」

空中で土下座をするのはかなり難しかったが、なんとか形をつけて頭を下げる。

「うんうん、気持ちはわかる、わかるでぇ。うちがお迎えに来ると、大抵の人間が似たようなこと言いますねん。せやけどなぁ、それに絆《ほだ》されていちいち見逃しとったら、人間界は人口過多でパンクしてしまいますで？　こっちも仕事ですよって、あきらめてんか」

「そ、そんな……」

「ほな、行くか」

と、死神は有無《うむ》を言わさず翔流の腕を摑もうとした。

すると、それまで黙って一部始終を傍観《ぼうかん》していたミコトが、初めて口を開く。

「相変わらず主の舌はよく回るのぅ」

ふわりと空を移動し、死神に身を擦り寄せたミコトは扇の先でその顎を捕らえ、その紅《あか》い唇を近付けた。

「のう、ものは相談じゃが、この童、我にくれぬか？」

「ええっ！　そんなん無理に決まってますやん。この魂は夕方五時発の船に乗せんとあきませんのに」

口ではそう言いながらも、死神の視線はミコトの唇に釘付けだ。

自分の美貌の効果を充分知っているのか、ミコトは吐息が触れるほど距離を詰める。

「そうつれないことを言うな。我と主との仲ではないか」

「そ、そうやっていつもうちを利用して、指一本触れさせてくれませんのはどこのどちらさんですの⁉　もうもう、あんさんの色仕掛けには騙《だま》されまへんで！」

「死神」

甘く魅惑的な声音で、ミコトが囁く。

「我が下手に『お願い』をしているうちに言うことを聞いておいた方が、身の為ではないか？」

『お願い』を通り過ぎるとどうなるのか。

翔流にはわからなかったが、この脅《おど》しは効果絶大だったようで、死神はガタガタと震え出した。

「わ、わかりました！　わかりましたから堪忍《かんにん》してや。もう！　この魂は回収漏れってことで書類上は処理しときますわ。そん代わりこれっきりですからね⁉　二度目はありませんで！」

ぶつぶつ文句を言いながらまたタブレットを操作すると、死神は長居はごめんとばかりに一瞬で姿を消してしまった。

——助かった……のかな……？

死を前にして、やはり緊張していたのだろうか。

死神が姿を消すと一気に気が抜けてしまい、翔流はへたへたとその場にへたり込みそうになった。

「呆《ほう》けた面じゃな。掃除の礼に助けてやろうかと思ったのじゃが、いらぬ世話だったか？」

「い、いえ、とんでもないです！　ありがとうございます、ほんとに助かりました」

偶然とほんの気まぐれでしただけの神社の掃除で、危うく命を救われたと察し、翔流は祖母に心から感謝した。

ミコトに対しても、最初はアブナイ人だなんて思ってごめんなさい、と心の中で詫び、最大限の敬意を表して頭を下げた。

「俺、助かったんですよね？　あっちの身体に戻れるんですよね？」

一刻も早く自分の身体に戻りたくて、眼下の自分を指差すが、ミコトはなぜか人を食ったような笑みを浮かべている。

「まぁ、そう急くでない。まずは主に二つの選択肢を与えよう」

「え？」

なにやら、雲行きが怪しくなってきて、翔流は硬直する。

「一つ目の選択は、死神を呼び戻し、このまま予定通り安らかに天に召《め》される。もう一つは……そうじゃな、幼子《おさなご》に戻って現世を生き直す。どちらでも好きな方を選ぶがよい」

「ええっ〜〜そんなぁ。普通に元に戻してくれるんじゃないんですか？」

まさかの展開に思わず愚痴《ぐち》ってしまうと、ミコトは器用に片眉だけを吊り上げてみせる。

「初対面の割に厚かましい奴じゃの。それでは主が今回の教訓を生かして成長できなかろう。……というのは建前で、ただ戻したのでは我がつまらぬからのぅ」

と、ミコトは完全に高みの見物を決め込むつもりのようだ。

――ひ、ひどいよ、神様……！

究極の選択を突きつけられ、翔流がややパニックに陥っていると。

「さぁ、選べ。ぐずぐずしていると死神を呼び戻すぞ」

「ま、待って……！」

見るからに気の短そうなミコトが、ひらひらと扇を扇《あお》がせ始めたので、翔流は慌てる。

一矢のことを考えれば、このまま死ぬわけにはいかない。

選択肢は、最初から一つしかなかった。

不思議なことに、『人生でまだやり残したことがある』とか『死ぬのが怖い』とか、普通にありがちな理由はまったく頭には浮かばず、ただただ一矢が悲しむ姿を見るのが嫌だったのだ。

「こ、子供でもいいです、とにかく生き返らせてください……！」

覚悟を決めて、そう叫ぶと。

「心得た」

ミコトが扇を振り、一陣の風が翔流を襲う。

その風圧に思わず目を瞑《つむ》った翔流だったが……。

次に目を開けた時には、事故に遭《あ》った道路の上に一人で立っていた。

「ミコト様……!?」

慌てて空を見上げるが、既にミコトの姿はなかった。

——今の、夢？　白昼夢？？

頬を抓《つね》って確認しようとし、なにげなく右手を上げようとすると、着ていたTシャツの袖がだらりと伸びていた。

「……え？」

両手ともにTシャツの中に埋没《まいぼつ》し、さながらキョンシー状態だったので、なんとか袖口を手繰《たぐ》り寄せ、苦労しながら両手を出した。

が、目の前にあるのは、まるで紅葉《もみじ》のような小さな手のひらだ。

ふと足元を見ると、穿いていたジーンズも袴《はかま》状態で、歩き出そうとするとみごとに転んでしまった。

その拍子にジーンズがすっぽ抜け、トランクス一枚になってしまうが、そのゴムも緩《ゆる》過ぎて落ちそうになる。

「あわわ……」

ずり落ちそうになる下着を両手で押さえながら、なんとか立ち上がり、さぞかしみっともない格好だろうと思ったが、着ていたTシャツが膝下まで隠してくれたので下半身丸出しにはならずに済んでいた。

よかった、と思いかけ、いや、よくないだろ！　と一人突っ込みを入れる。

小さな手で自分の顔をぺちぺちと叩いて確認したが、ちゃんと痛い。

ということは、やはり夢ではなさそうで、最悪なことにこの小さな身体はまごうかたなき現実だ。

鏡など見なくてもわかる。

自分が本当に幼児に戻ってしまっていることを知り、翔流は愕然とした。

「……やっぱ夢じゃなかった……!!」

思わず悲鳴を上げても、声変わり前の愛らしいソプラノだ。

もう一度空を見上げ、ミコトを探したが、どこを見てもとっくに彼の姿はなかった。

なんだか脱力してしまって、ぶかぶかのTシャツに埋もれるように座り込む。

あのまま死ぬよりは幼児でもいいから生き返ることを望んだが、これからどうしたらいいのだろう?

――この恰好じゃ、一矢だって俺のことわかんないよな……そしたら俺、どこで生活すりゃいいんだよ?

面白いか面白くないかでこの選択肢を加えたミコトをちょっぴり恨《うら》みながら、考えごとをしていると。

「翔流さん……!」

一矢の声が聞こえてきて、翔流はびくりと反応した。

見ると、全速力で一矢がこちらに向かってやってくる。

そうだった、彼の目の前で車に撥ねられたのだから、一矢が血相を変えるのは当然のことなのだ。

だが、既に逃走してしまったのか自分を撥ねたワゴンの姿はなく、『二十歳の翔流』もここにはいない。

「あれ……翔流さん、車は……？」

交通事故を目撃したはずなのに、加害者も被害者も消えてしまい、一矢はひどく混乱しているようだ。

血相を変えて走ってきた一矢は慌てて周囲を見回し、他に誰もいないのを確認すると、ちょこんと服の上に座り込んでいた翔流に駆け寄ってきた。

「これ、翔流さんの……！　きみ、どこの子？　この服着てた人がどうなったか知らないか？」

切羽詰《せっぱつ》まった様子で詰め寄られ、翔流は返事に困る。

――やっぱ幼児が俺だって言ったって、信じないよなぁ……。

一矢に迫られ、翔流はしどろもどろで言い訳を考えた。

「俺、ちょっと水たまりで転んで服汚しちゃって。そしたら……か、翔流兄ちゃんは……俺に服貸してくれて、母さんと行っちゃった」

「え？　きみのお母さんと？　どういうこと？」

自分に服を貸したら、『翔流』は全裸でどこかへ行ったことになる。

そこを突っ込まれたらどうしようと肝《きも》が冷えたが、幸いなことに一矢は『翔流』が誰かとどこかへ消えたと聞いて顔色を変えた。

「わかるように、詳しく説明してくれないか。きみ、名前は?」

「な、名前……?」

しまった、考えてなかった、と翔流は慌てて考える。

ええい、この際名前など適当でいい、それ以上に爆弾発言をして一矢に深く追及されないようにしなければと焦《あせ》って叫ぶ。

「し、翔《しよう》って言うの。俺……翔流兄ちゃんの弟なんだ!」

「え? 弟? 覚以外に? そんな話、初めて聞いたけど」

予想通り、一矢は呆気《あつけ》に取られている。

「そ、それはその……俺の母さんが翔流兄ちゃんの母さんとは違う人だからかな?」

と、翔流は幼児らしく見えるように小首を傾げてみせる。

咄嗟に頭の中ででっち上げた設定は、こうだ。

五歳(くらい)の俺『翔』は父の愛人から生まれた婚外子《こんがいし》で、当然異母兄《いぼけい》の翔流はその存在を知らなかった。

今ようやく母と一緒に異母兄との対面を果たしたのだが、事態を重く考えた兄は母を連れ、話し合いをするために二人でどこかへ行ってしまったというものだ。

自分の肉親だといえば、一矢も家に置いてくれるのではないか、そんな姑息《こそく》な計算もあった。

無理があるのは百も承知だが、これで押し切ろうと決める。

ともかく、そういった内容をなるべく幼児らしい表現を選んで説明した。

「あの小父《おじ》さんに、愛人……？　信じられない」

なによりそこに驚いたようで、一矢が愕然と呟く。

――父さん、浮気者にしちゃって本当にごめん！

と翔流は心の中で潔白な父に両手を合わせる。

「いや、それより僕が見たのは幻覚だったのかな……確かに翔流さんが車と接触するのを見た気がしたんだけど」

なによりそれが気になるのか、一矢は落ち着かない所作で地面を確認している。

どうやら血痕《けっこん》など、事故の痕跡《こんせき》が残っていないかどうか確かめているようだ。

「じ、事故？　見間違いじゃない？　翔流兄ちゃんはピンピンしてたよ？」

一矢を心配させるのが嫌で、必死でそう訴える。

「本当に？　ならよかった……」

それを聞き、一矢はようやくほっとしたようだ。

こんなに動揺している彼を初めて見た翔流は、罪悪感にまた胸が痛んだ。

「それはともかくとして……二人とも、こんな小さいきみを置いて行っちゃったの？」

案の定、一矢はその非常識さが一番受け入れられないようだ。

翔流がそんなことをするはずがない、とその瞳が語っている。

「う、うん。でも兄ちゃんが一矢さんっていう人がおまえを預かってくれるから、安心して待ってろ、このことは誰にも言うなって言ってた」

「……そうか」

そこでふと思いついた様子で、一矢がスマートフォンを取り出し、かけ始める。

自分の足元にあるジーンズの中から呼び出し音が鳴り、翔流は飛び上がりそうなほど驚いてしまった。

「か、翔流兄ちゃん、ケータイも置いてっちゃったみたいだね。すごく急いでたから」

一矢に追及される前に、急いで弁解する。

「それじゃ連絡つかないか……」

一矢は、落胆したようにため息をつく。

「それより、きみの服や下着はどうしたの？　翔流さん、まさか裸なのかな……」

そう心配げに呟くので、内心ぎくりとする。

確かに濡れたから翔流の服を着せられたと言っても、翔流が子供服を着られるわけはないのだから当然の疑問だろう。

「よ、よくわかんない」

ここは幼児という特権を利用し、知らぬ存ぜぬで通すしかないと翔流は首をふるふると横に振ってみせた。

「そうか……とにかく、こんなところにそんな恰好でいたら風邪を引く。とりあえずうちに行こう」

「うん」

一矢がそう言ってくれたので、翔流は内心ほっとした。

まだ難関は残っているが、とにかく一応は一矢の部屋へ帰れるのだと思うと嬉しかった。

一矢はぶかぶかの服に靴下、それに大き過ぎるスニーカーの中に立っている翔流を見て、これでは歩けないと判断したらしく、ひょいとその小さな身体を抱き上げてくれた。

そして左手にスニーカーとジーンズを提《さ》げ、歩き出す。

「ひゃっ……」

片腕で軽々と抱き上げられ、その力強さに思わず動揺して変な声が出てしまう。

久々の再会で著《いちじる》しい成長具合に驚かされたが、実際にこうしてその腕力を見せつけられるとなんだかドキドキしてしまう。

「ああ、ごめん。怖かった？　大丈夫、しっかり抱いてるから落ちないよ」

怖かったら首に摑まって、と促《うなが》され、おずおずと小さな両手をその首に回してしがみつく。

子供時代にじゃれ合って遊んだ以来、こんなに密着するのは初めてなので、一矢の鼓動が肌を通して伝わってくるとどうにも照れ臭くて居心地が悪かった。

「待てよ、子供用の服や下着ってどこで売ってるんだろう……？　要《かなめ》が小さい頃、どうしてたかなぁ」

突然のことにやはり困惑しているのか、独《ひと》り言《ごと》のように一矢が呟く。

要というのは、彼の五つ年下の弟の名だ。

面倒見のよい一矢は実家にいた頃、よく弟の面倒を見ていたので、その時のことを思い出したのだろう。

しばらく思案した挙げ句、スマートフォンを取り出した一矢は検索をかけ、ようやくほっとした表情になった。

「よかった、近くのスーパーで下着類くらいは扱ってるみたいだ。ちょっと買い物するから、寄り道するよ？」

「……うん」

彼の首にしがみついたまま、翔流はこっくりする。

そこから歩いて五分ほどの場所にあったスーパーに寄ると、一矢は翔流を幼児用カートに乗せ、手早く買い物を済ませた。

下着売り場で子供用の下着と靴下、それとショートパンツも売っていたので、一矢はそれも買ってくれた。

その場で試着させてもらい、翔流は上は袖をまくり上げ、裾《すそ》を縛《しば》ってまとめた自分のTシャツに下はサイズぴったりのショートパンツという出で立ちに落ち着いた。

会計を済ませ、ビニール袋を提げてスーパーを出る。

「お金遣《つか》わせちゃってごめんね」

一矢の実家は裕福だが、あまり甘えるのもよくないと仕送りは最低限にしてもらい、後は自力でバイトしていると言っていたのを憶えていたので、無駄な出費をさせてしまったと胸が痛む。

「はは、子供がそんなこと気にしなくていいんだよ。翔くんは小さいのに偉いな」

外へ出ると、当然のように手を繋《つな》がれる。

二十歳男子としてはかなり羞恥《しゅうち》プレイだが、今の自分は幼児なのだから仕方がないのだと言い聞かせる。

——くそ、歩幅が違い過ぎるな……。

身体が急に縮んだせいで、感覚がうまく摑めない。

思うように足が動いてくれず、ともすればもつれて転びそうになるが、そんな時は手を繋いでいる一矢がすかさず支えてくれた。

歩調も幼児の自分に合わせてゆっくり歩いてくれたので、なんとかついていける。

——こいつらしいや……いつだって、誰にだって優しいんだ。

彼のさりげない思いやりに、翔流は感謝した。

やがてマンションに着き、一矢が部屋の鍵を開けながら紹介してくれる。

「ここが僕の部屋だよ」

「そ、そうなんだ」

本当は一週間近く前からここで暮らしているのだが、翔流は初めて来たように装《よそお》った。

――はぁ……これから、どうすればいいんだろう……？

なんとか一矢を丸め込んで部屋に戻ってきたはいいものの、こんな嘘はそう長くはもたない。

翔流が途方に暮れていると、一旦バスルームに行っていた一矢がバスタオルを手に戻ってきた。

「翔くん」

呼ばれてつい聞き流してしまったが、自分の名前だったと気付いて飛び上がる。

「は、はい！」

「濡れたって言ってたよね？　風邪引くといけないから、まずシャワー浴びて着替えようか」

「……うん」

自《みず》らついた嘘なので嫌とも言えず、翔流はこっくりする。

一矢にバスルームに案内され、ダボダボのTシャツをなんとか脱ごうとするが、なかなかうまくいかない。

するとー矢がしゃがみ、代わりに脱がせてくれた。

今の自分は幼児だとわかっていても、やはり照れ臭い。

「あ、ありがと……」

「どういたしまして」

てっきり一人で浴びるものだとばかり思っていたのだが、なぜか一矢もその場で服を脱ぎ出したので仰天する。

「ど、どうしてお兄ちゃんも脱いでるの……?」

「え? きみみたいな小さい子を一人でお風呂になんか入れられないよ。危ないじゃないか」

言われてみれば、確かにその通りだ。

――お、落ち着け、俺……! 男同士なんだからなんの問題もないじゃないか。

それでも、少しだけドキドキしながら、裸に剝《む》かれた翔流は一矢と共にバスルームに入った。

とはいえ、自分と入るのは嫌がった癖に、見ず知らずの幼児とは平然と入るんだな思うと、少しだけ面白くない。

「お湯、熱くないか？」

「……うん」

「よし、まずは頭洗うぞ」

軽くシャワーで髪を濡らすと、一矢は泡が目に入らないよう慎重《しんちょう》に髪を洗ってくれた。

弟の世話をし慣れていたせいか、うまいものだ。

――そういえば床屋以外で他人に髪洗ってもらうのなんて、初めてかも。

そして一矢は、理髪師並みに洗髪が上手かった。

「よし、泡が目に入っても泣かなかったな。偉いぞ」

と、大きな手で頭を撫でられ、なんとも言えないこそばゆい気分になる。

「……お兄ちゃんが上手だから、ぜんぜん入らなかったよ」

「そうか？　それはよかった」

次に、跪《ひざまず》いた一矢はスポンジにボディソープを垂らし、次に翔流の小さな身体を洗い始める。

致し方ない事情とはいえ、さんざん弟扱いしてきた相手に全裸を晒《さら》し、なおかつ全身を洗われるのは、ひどく居心地が悪かった。

羞恥を堪《こら》え、翔流は小さな唇を噛む。

「ちょっと脱衣所で待ってて。バスタオルあるから、それにくるまっててくれるか」

「わかった」

翔流を洗い終えると、一矢は自分の髪と身体も手早く洗い始める。

お互い、成長して以来一矢の全裸を見るのは久しぶりだった。

身長が低くなっている翔流の視線は、どうしても目の前の一矢の下半身へいってしまう。

――くそう、一矢の奴……こんなとこまで立派に成長しやがって……。

まさに体格に見合った大きさのそれに、またコンプレックスが刺激されてしまった。

あの時、やっぱり一緒にシャワーを浴びなくてよかった。

男らしく、立派に引き締まった一矢の体躯《たいく》を目にすると、今の自分が幼児でよかったとすら思ってしまう。

もうすぐ二十歳になるというのに、ガリガリでいくら鍛えても筋肉のつきにくい自分のみっともない身体など見せたら、また気まずい顔をされてしまうかもしれないから。

熱さと恥ずかしさでのぼせそうなシャワータイムがようやく終わり、翔流はそれ以上彼の裸体を視界に入れないように一人バスルームを出た。

目の前にバスタオルが置いてあったので、言われた通りそれで髪と身体を拭く。

大判のそれに全身くるまるようにして大人しく待っていると、ややあって上がってきた一矢がわしゃわしゃともう一度髪を拭いてくれた。

「ほら、足上げて」

「じ、自分で穿けるよ！」

スーパーで買ってきた下着の包装を解き、穿かせてくれようとするので、慌てて拒否した。

一矢にパンツを穿かされるなんて、末代《まつだい》までの恥になりそうだ。

それから一矢は、しゃがみ込んで大きな身体を丸めるようにして、翔流の髪をドライヤーで丁寧《ていねい》に乾かしてくれた。

「Tシャツ、俺のじゃ大き過ぎるから翔流さんの勝手に借りちゃったけど、今日はこれで我慢して」

「……うん」

普段はぴったりのTシャツが、やはり両肩が落ちて半袖のはずが七分《しちぶ》袖になる。

下は買ってもらった下着と短パンを穿いているが、まったく見えない。

こんな風に、一から十まで世話を焼かれたことがなかったので、恥ずかしくて彼の顔が正視できなかった。

「ふぅ、さっぱりした」

自分はタオルで適当に髪を掻《か》き回して拭いて終了で、Tシャツとチノパンに着替えた一矢は翔流を連れてリビングに戻った。

「夕飯はなにが食べたい？　オムライスとか好きかな」

「……うん、好き」

一矢のオムライスは絶品だ。

居候を始めて一度作ってもらっていたので、翔流はその味を思い出してごくりと生唾《なまつば》を呑み込んだ。

実際、部屋を飛び出して以来なにも食べていなかったので、かなり空腹だった。

「よし、じゃすぐ作るよ。テレビでも観て少し待ってて」

一矢がキッチンに籠《こ》もると、しばらくしてバターの香ばしい匂いとケチャップを炒《いた》めるいい匂いが漂ってくる。

「お待たせ。さぁ、食べようか」

手早く一矢が作ってくれたオムライスには、卵の上にケチャップで大きく花丸が描いてあった。

いつもなら同じ量で二人分作ってくれる一矢だが、五歳児相手なので翔流の分のオムライスはひと回り小さい。

ちょっと羨《うらや》ましげにそれを見つめてから、翔流は子供用などないので普通のカレースプーンを取って『いただきます！』と挨拶した。

「卵トロトロだから、火傷《やけど》しないようにな」

「うん」

鶏肉とミックスベジタブルをたっぷり入れたチキンライスと、トロトロフワフワの半熟オムレツの相性は絶品で、翔流は夢中で頬張った。

が、いつもはなにげなく使っているはずのスプーンが小さな手に余り、少し食べにくい。おまけに口も小さくなっているのをつい忘れてしまうので、口の周りに米粒がついてケチャップでベタベタになってしまった。

「ほら、ついてる」

「ん……」

一矢にティッシュで拭いてもらいながら、息もつかずに食べる。

胃袋も当然小さくなっているので、絶対物足りないはずだと思っていた量で満腹になってしまった。

「ご馳走《ちそう》さまでした。すごいおいしかった」

「それはよかった」

さきほどのスーパーで、一矢は普段は置いていないオレンジジュースを翔流のために買っておいてくれたらしく、それも飲ませてくれた。

こういう細かいところまで気が利く一矢に、感心してしまう。

「それじゃ、さっきの続きだけど、もう少し詳しく話してくれるかな」

一息つくと、さっそく一矢がそう切り出してくる。

――まずい……あれ以上なんも考えてなかった……。

幼児になると思考も影響されてしまうのか、つい今後の計画を練るより先にオムライスに夢中になってしまったことを深く反省する。

寮に戻ったところで、この姿では当然入れてもらえるはずもない。

――俺、一生このままなのかな……？

気が動転していて、ミコトに一番大事なことを確認するのを忘れてしまったことを後悔してもあとのまつりだ。

もし、このまま五歳からまた人生をやり直すことになったらと思うと、前途多難《ぜんとたなん》で眩暈《めまい》がしてきた。

とにかくこの場は適当に切り抜け、とりあえず打開策を見つけるまではなんとしてでも一矢の元に居座るしか方法はなかった。

「う〜ん……でも僕、おなかいっぱいになったら眠くなってきちゃった……」

と、必死にない演技力を振り絞り、眠そうに両手で目を擦《こす》ってみせる。

「ちょっと待った！　寝ちゃう前に歯を磨かないと」

小さくあくびをすると、一矢は慌てて翔流を連れて洗面所へ向かった。

話を聞き出すことより、子供が虫歯になることを案じている彼の人の良さにつけ込むようで、きりきりと良心が痛むがやむを得ない。

「自分でできる？」

「うん、できる」

手回しよく、一矢が買っておいてくれた新品の子供用歯ブラシをもらって、翔流はちゃんと歯磨きした。

リビングに戻ると、一矢は落ち着かない様子でカーテンを開けて窓の外を見たり、玄関前の廊下を行ったり来たりしている。

自分が帰ってこないことで心配をかけているのだとわかっていても、翔流にはどうすることもできない。

「翔くん、一人でお留守番できるかな。お兄ちゃんを探しに、ちょっと近所を一回りしてきてみるよ」

案の定、そう切り出され、翔流は必死で首を横に振る。

「み、見に行っても翔流兄ちゃんはいないよ！」

「でも、帰りが遅過ぎるよ。やっぱり翔流さんの両親か警察に連絡した方が……」

なんとか一矢を思いとどまらせる方法はないものか。

もっとも恐れていた提案に、翔流は必死に小さな脳味噌をフル回転させる。

「……実は、母さんが死にたいとか言ってて、翔流兄ちゃんはそれを説得して止めてくれてるんだと思う」

「え……？」

衝撃的な告白に、一矢が絶句している。

「こんなこと、俺と翔流兄ちゃんの父さんにも言えないし、時間かかるかもしれないから、その間そっとしといてくれって、言ってた。翔流兄ちゃんは、自分一人の力でなんとかするつもりなんだ。だから、お願いだからもうちょっとだけ待ってあげて」

不倫が原因だとこう匂わせておけば、自分の両親にも連絡できないし、自殺がかかっているデリケートな問題なら警察が介入するのもまずいと、頭のいい一矢なら判断してくれるだろう。

そう読んでの、嘘の上塗《うわぬ》りだったが。

「……わかった。きみのお母さんと翔流さんが戻ってくるまで、一緒にいよう」

なんとか一矢が納得してくれた様子なので、ほっとした。

「ありがと、一矢お兄ちゃん」

と同時に、嘘を重ねていることにひどい罪悪感を覚えた。

――ごめんな、一矢。

だが、これで数日は稼《かせ》げる。

その間に今後のことを考えねばならない、と翔流は思った。

それから、今日は疲れただろうからと一矢は翔流の部屋に連れて行ってくれた。

「お兄さんが寝ていたベッドなんだけど、一人で大丈夫？」

「うん、僕もう大きいから、ちゃんと一人で寝られるよ」

一矢に添《そ》い寝されても困るので、急いでそう答える。

「そうか、偉いな」

と、大きな手で頭を撫でられ、少々こそばゆい。

おやすみなさいの挨拶をして、翔流はベッドの中に潜《もぐ》り込んだ。

とはいえ、昨日までちょうどよかったベッドが、今はとてつもなく広く感じて心もとない。

小さな常夜灯の下に、小さな手のひらを透《す》かしてみる。

——これ、夢じゃないんだよな……こんなのってアリかよ……。

まだ元の身体とこの身体との感覚が違い過ぎて、慣れられない。

とりあえず時間稼ぎをして、なんとか今後の方針を決めようと考えていたが、なにも思いつかない体《てい》たらくだ。

——これからいったい、どうしたらいいんだ……？

この身体では寮はもちろん、大学に戻ることもできない。

ようやく一人になって考えると、事態の深刻さがじわじわと重くのしかかってきて、翔流はベッドの中で小さな身体を丸めた。

と、その時。

窓は閉めているはずなのに、室内に突然一陣の風が吹き、翔流は驚きで跳ね起きた。

「その後、どうじゃ？」

鈴を転がすようなその美声には、聞き覚えがある。

「ミ、ミコト様!?」

「幼児生活を満喫しておるようじゃのぅ」

なにもなかったはずの空中に出現したミコトは、昼に会った時と同じ直衣姿だ。

均整のとれた四肢《しし》を伸ばし、のんびりと横たわるその姿はいとも優雅で、まるで目に見えないハンモックでゆったりと寛《くつろ》いでいるかのようだ。

翔流は身体にかけていたタオルケットを撥ね退け、肩からずり落ちたTシャツを直しながら反射的に正座していた。

なにせ、相手は神様なのだ。

一応礼義は尽くさねばと思いつつも、つい縋るように訴えてしまう。

「満喫もなにもないですっ、俺、まさか一生このままじゃないですよね!?」

どうか、違うと言ってほしい。

思わず哀願の瞳で見上げると、ミコトは深々とため息をついた。

「人間の欲というのは、際限を知らぬのぅ。あの時は命さえ助かればと思っても、喉元過ぎればなぜ元の姿に戻れないのかと不満に思う。つくづく欲深い生き物よ」

その指摘に、どきりとした。

確かに、ミコトの言う通りだと、翔流はしゅんとする。

「ごめんなさい……そうですよね、困った時ばっかり神頼みなんて、都合良過ぎですよね」

神社は、自分の意思表明をしに行くべき場所。

生前、祖母は常々そう言っていた。

だから神様にお願い事をするばかりではなく、なにより日頃守っていただいている感謝を告げに行くべき場所なのだと。

子供の頃は祖母に連れられてよくお参りに行ったが、最近では神社に行くのは初詣《はつもうで》くらいで。

その時だって小銭程度のお賽銭で図々しくも、都合のいいお願い事ばかりを一方的に告げるばかりだった気がする。

今回だって、命を助けてもらったくせに、今度はそれだけでは飽き足らずにやっぱり元の姿に戻してほしいなどと望んでしまう。

ミコトの言う通り、なんて欲深いんだろうと翔流は深く反省した。

「わかりました。俺、ミコト様にもらった命で、もう一度生き直してみます」

周囲をどう説得するかはまだ思いつかないけれど、きっとなんとかなると前向きに考えてみる。

「さっきはちゃんとお礼も言ってなくて、すみませんでした。助けてくださって、本当にありがとうございました」

と、翔流は頭をぺこりと下げて感謝の意を表した。

「せめてもの恩返しに、俺になにかできることないですか？　ミコト様がしてほしいこと、俺にできることならなんでもします」

と、小さな手でドンと胸を叩く。

するとなぜかミコトは、少し困惑したような複雑な表情になった。

「……生憎《あいにく》と、五歳児に叶えられるような願い事は今のところないのぅ」

「……ですよね」

神様のお願い事を一介《いっかい》の人間（しかも幼児）に叶えられるはずもない、と翔流は再びしゅんとした。

「それより、主の弟分は、少々性質《たち》の悪い女子《おなご》に目をつけられているようじゃの」

「え？　それどういうことですか？」

聞き捨てならない話題を振られ、顔色を変えると、ミコトがにやりと笑う。

「気になるか？」

「は、はい」

一矢に関わることなら、聞き捨てならない。

真剣な表情で頷くと、彼は小気味いい音を立てて指を鳴らす。

すると空中に銅鏡が出現し、ふわふわと降下してきたので、翔流は小さな両手でそれを受け取った。

矯《た》めつ眇《すが》めつ眺めてみると、どこかの遺跡から発見されたような年代物の丸い鏡だ。

恐る恐るそれを覗き込むと、そこには一人の若い女性が映し出されていた。

目に痛いほどの毒々しいピンクの家具やインテリアで統一された、サイケデリックな部屋だ。

そこで彼女は、これまたピンクのベッドカバーの上に寝そべり、スマートフォンで誰かと会話していた。

「そうそう、こないだ話したでしょ？　もう、超好みの子見つけちゃったのよ～。戦況？　うーん、そうねぇ、あとひと押しでオチそうってとこかな。すごいイケメンなんだけど女慣れしてないっぽくて、けっこう初心《うぶ》だから、ホテル連れ込んじゃえばすぐ私に夢中になると思う」

自分達と同世代くらいだろうか。

茶色に染めた巻き髪にあどけないその顔立ちはなかなか愛らしいが、話している内容は少々穏《おだ》やかではない。

どうやら電話の相手は、彼女の友人のようだ。

「え〜〜それは確かに、香奈《かな》、今は三股中《さんまた》だけどさぁ、三股も四股も変わんないよ。なんだったら一人整理してもいいし。気に入っちゃったのよね、一矢くん。地方だけど実家もセレブみたいだし、将来有望そうだし、付き合っといて損はないじゃない？」

テーブルの上に投げ出すように置かれていた学生証には、一矢と同じ大学の学部名と『森口《もりぐち》香奈』という名前が見えた。

——か、一矢……⁉　今一矢って言ったか？

どうやら彼女がカモにしようとしている相手が一矢だと知り、翔流は青ざめた。

「でもさ、前に男友達から彼女いないかどうか探《さぐ》り入れてもらったんだけど、子供の頃からずっと片思いしてる相手がいるって話でさ。今でも好きなんだって。いまどき珍しい純情だよね〜」

口ではそう言いながらも、香奈は馬鹿にしたようにゲラゲラ笑っている。

——片思い……？　一矢が……？

さらなる衝撃の事実を知らされ、翔流は言葉を失った。

高校時代は知らないが、子供の頃から片思いしている相手となれば自分が知っている相手なのだろうか。

それにしては、今まで一矢が女の子と交際していたなどという話は、覚からも一度も聞いたことがなかった。

覚も、『一矢はすごいモテるのに、ぜんぜん女子に興味ないんだよな。もったいない』としきりに言っていたほどなのだ。

その一矢が、ひそかに恋をしていた相手がいたなんて。

なんでも打ち明けてくれる仲だと思っていたのに、ずっと隠されていたことが少しだけショックだった。

「こないだ、誘い出す口実にノート借りといたんだ。明日、それで呼び出してデートに持ち込むから。結果報告、期待しててね」

楽しげに言って、香奈は電話を切り、鼻歌を歌いながらクローゼットを開けて洋服を何着も取り出した。

どうやら明日着て行く服を選ぶようだ。

画像はそこで途切れ、銅鏡はふっと消えてなくなってしまった。

「さて、どうする?」

完全になりゆきを面白がっているミコトに問われ、翔流は困惑した。

「どうするって……こんな身体じゃなにもできないし……」

幼児の身で、なにができるとも思えないし、もし一矢が彼女に興味を持っているならそれを邪魔する権利もない。

そう自分に言い聞かせながらも、胸のもやもやは消えなかった。

なにより一番心に引っかかっているのは、一矢が想い続けている相手は一体誰なのかということだった。

「ほう、弟分が悪女の毒牙《どくが》にかかるのを黙って見ているというのか」

「……それは……」

挑発され、ぐっと小さな拳《こぶし》を握り締める。

せっかく蘇《よみがえ》らせてもらった、大切な命だ。

一生懸命知恵を絞れば、こんな自分にもなにか一矢のためにしてやれることがあるかもしれない。

「……ミコト様、俺、今の自分にもできること、やってみる……！」

意を決してそう宣言すると、ミコトはシニカルな笑みを浮かべた。

「健闘を祈る。そうだ、主にもできることが一つあったぞ」

「な、なんですか？　なんでもおっしゃってください！」

これで多少なりとも恩返しができると、翔流は勢い込んで尋ねる。

「我の好物は柿《かき》じゃ。供《そな》え物として、次は柿を用意しておくがよい」

そう言い残して再び指を鳴らすと、次の瞬間ミコトの姿は掻き消え、室内には静寂が戻った。

ああしてリクエストしていったのだから、柿を食べにまた来るに違いない。

神様って暇なのかなぁ、と翔流は少々失礼なことを考えた。

とはいえ、せっかく普通では知ることのできない貴重《きちょう》な情報を与えてもらったのだ。

このまま見逃すことはできない。

「……なんとか、しなくちゃ」

今、一矢を助けられるのは自分だけなのだ。

翔流は容積の小さくなった脳味噌をフル回転させて、対策を練った。


そして、翌朝。

顔を洗って新しいTシャツに着替えを済ませ、翔流が一矢特製サンドイッチにかぶりついていると、彼のスマートフォンに電話がかかってきた。

「ああ、森口さん、おはよう。どうしたの？」

香奈からの電話だと知り、翔流に緊張が走る。

やはり昨晩の映像は本物だったようだ。

ミコト様の情報網、恐るべし。

翔流は、それこそ全身を耳にする勢いでその電話に聞き耳を立てる。

どうやら香奈は、予定通り口実を使って一矢を呼び出し、『狩り《ハンティング》』を開始するつもりらしい。

「ノートか……いや、必要は必要なんだけど、今ちょっと家を空けられなくて」

翔流を一人にできないと思っているらしく、一矢は呼び出しを渋《しぶ》っている。

すると翔流は、そのシャツの裾をつんつんと引っ張り、『僕は大丈夫だよ』とオッケーサインを出してみせた。

「……ほんとに？　それじゃ、少しだけなら。取りに行くよ。今どこ？」

一矢は待ち合わせ場所を聞いて電話を切り、翔流の前にしゃがみ込んで言った。

「ちょっとだけ出かけてくるから、お留守番できるかな？」

「やだやだ！　一緒に行く！」

行っていいというそぶりを見せた癖に、翔流は地団太《じだんだ》を踏んで主張する。

こういう時、幼児は便利だ。

久々に地団太を踏んでみたが、大人になればなるほど使えない裏技なだけになかなか気持ちいい。

「いい子にしてるから、連れてって。お願い」

必殺技は、上目遣《うわめづか》いでのお願いポーズだ。

果たして効果があるかはわからないが、持てる技はすべて使い、息を詰めて返事を待つと。

「そっか、じゃ一緒に行こう。翔くんの服も買いに行かなきゃいけないしね」

割合あっさりと一矢が同意したので、少々拍子抜けするほどだった。

「わ〜い！　ありがと、一矢お兄ちゃん」

幼児らしく無邪気に喜んでみせながら、翔流は内心ガッツポーズを決めた。

もちろん二人に同行し、香奈の『狩り』の邪魔をする気満々である。

たかが幼児、されど幼児。

非力ではあるが、幼児には幼児にしかできない戦い方があるのだ。

そして慌《あわ》ただしく朝食を済ませると、二人は手を繋いでマンションを出た。

待ち合わせの駅前のカフェまでは、歩いて十分ほどの距離だ。

店の前に到着すると、香奈はテラス席で人待ち顔でジュースを飲んでいた。

一矢に気付くとぱぁっと明るい笑顔になり、愛らしく手を振ってくる。

「一矢くん、ここよ」

「わざわざ届けてもらって、ごめん」

「いいのよ、今日は暇だったし」

言いながら、香奈は傍《かたわ》らの翔流の存在が気になるようだ。

「えっと……その子は？」

「ああ、ちょっと親戚の子を預かってるんだ。名前は翔くん」

ホテルに連れ込む心づもりだったのに幼児連れではアテが外れただろう、と翔流は内心ほくそ笑む。

「こんにちは、お姉ちゃん」

が、そんなことはおくびにも出さず、努《つと》めて無邪気な幼児のふりをして、翔流は礼義正しく挨拶した。

「わぁ、可愛い！　こんにちは、翔くん。こちらこそよろしくね」

臨機応変にホテルはあきらめ、子供好きなところをアピールできて一石二鳥と思ったのか、香奈はひどく愛想がいい。

「ふふ、ダブダブのTシャツ着てるんだぁ。可愛い♡」

こうして目近で見ても、まるで砂糖菓子のようにふわふわとした美少女で、とても四股をかけようと企《たくら》む悪女には見えない。

だが、一矢の未来としあわせがかかっているのだ。

その天使の笑顔には騙《だま》されないぞ、と翔流はひそかに彼女を観察し続ける。

ギャルソンがオーダーを取りに来たので、翔流はオレンジジュースを、そして一矢はアイスコーヒーをオーダーする。

　香奈と一矢が向かい合う席で、その真ん中の席に翔流はギャルソンが用意してくれた子供用椅子に座った。

二十歳の身としてはかなり恥ずかしいが、ぐっと堪《こら》える。

「一矢くん、これ借りてたノート。本当に助かったわ、ありがと」

「いや、こんなのでよければ、いつでも」

やがてテーブルに届けられた大振りのグラスを両手で摑み、翔流はストローでちゅうちゅうとジュースを飲みながら二人の会話に耳を澄ませていた。

初めは無難に大学の講義や友人の話をしていたので、安心していたのだが。

「私、女子にあんまり好かれてないみたいで、なかなか友達が出来なくて……寂しいの」

香奈が物憂《ものう》げな表情で自分語りを始める。

そろそろ警戒態勢か、と翔流はジュースを飲むスピードをアップさせた。

「そう？　森口さんは友達いっぱいいるように見えるけどな。考え過ぎじゃないか？」

人のいい一矢は、彼女の誘い餌にまったく気付く様子もなく真面目に相談に乗っている。

「ねぇ、一矢くん。これからもときどきこうやって……」

会って欲しいの、と香奈が言い出す直前。

「一矢お兄ちゃん、ジュースお代わり！」

絶妙のタイミングで、翔流は元気に声を張り上げてそれを妨害《ぼうがい》した。

「え、もう飲んじゃったの？」

「うん」

お代わりをせがむ翔流に、一矢が新しいジュースを注文してくれる。

出鼻を挫《くじ》かれた香奈は、微妙な表情だ。

あらたにテーブルに運ばれてきたジュースを、翔流は嬉々として飲み始めた。

正直朝食のすぐ後ということもあり、幼児の胃袋には最初の一杯でタプタプだったが、無理して流し込む。

すると予想通り、トイレに行きたくなってきた。

容量の小さくなった膀胱は悲鳴を上げかけているが、お漏《も》らしの危険を冒《おか》してでも彼女の野望は阻止《そし》してみせる……！

敵の第二攻撃に備え、翔流はそう悲壮な決意を固めていた。

翔流がジュースに夢中と確認すると、香奈はさりげなく椅子を一矢側に寄せ、距離を詰めて話し始める。

「でね、一矢くんって今恋人いる……？」

「いや、いないよ」

一応リサーチ済みでも、一矢があっさりそう答えると狩人《かりうど》・香奈の瞳がきらりと光った。

「そう。あのさ、私じゃ……」

駄目かな、と続くセリフを遮《さえぎ》り、待ってましたとばかりに翔流は叫ぶ。

「一矢お兄ちゃん、おしっこ！」

さすがに恥ずかしかったが、今の自分は幼児なのだと言い聞かせ、耐えた。

「わ、わかった。もうちょっとだけ我慢して」

漏らしては大変と、一矢が翔流の手を引いて店の奥にあるトイレに向かう。

またまたいいところを邪魔されて、香奈は膨《ふく》れっ面《つら》だ。

無事用を済ませて席へ戻るが、翔流は今度は間髪《かんはつ》いれず『飽きてぐずり始めた幼児』を演じることにした。

「一矢お兄ちゃん、抱っこ〰〰」

両手を伸ばしてねだると、一矢は苦笑しながらも膝《ひざ》の上に乗せてくれる。

これ以上香奈が口説《くど》く隙を与えまいと、翔流は彼の首にべったりとしがみついた。

「眠くなっちゃった。もう帰ろうよ〰〰」

場の空気を読まずに本音を言っても許されるので、こういう時幼児は便利だ。

「飽きちゃったか、じゃ帰ろうな」

と、一矢も鞄にノートをしまい、ぐずる翔流を抱えたまま、あっさり席を立つ。

「という訳だから、ごめんね。また休み明けに大学で」

「え、ええ……またね」

完全に誘うタイミングを失い、茫然《ぼうぜん》としている香奈を尻目に、一矢はカフェを後にした。

――ふぅ……なんとかうまくいったぞ。

ミッション・コンプリート。

無事一矢を守り通した翔流は、内心ほっとしたが、

「……わがまま言ってごめんなさい」

すべては一矢を守るためだったが、それは言えないので翔流はまずそう謝った。

「いいんだよ、僕も早く帰りたかったから助かった」

実は彼女がちょっとだけ苦手なんだ、と一矢は冗談めかして言う。

「どうして？　さっきのお姉ちゃん、可愛いかったよ？」

「う〜ん、説明するのが難しいけど、ぐいぐい来る感じがちょっとね」

よかった、一矢も香奈の本性《ほんしょう》を薄々察しているようだ。

だが、翔流はそれには気付かないふりをして、気になって仕方がなかったことを聞いてみた。

「……ほかに好きな人がいるから？」

さりげなく口にしながらも、胸がドキドキする。

自分で聞いておきながら知りたいような、知りたくないような、不思議な気分だ。

「そうだな……大好きでたまらない人はいるけど、僕の片思いなんだ」

そう告げた一矢の横顔は、ひどく切《せつ》なげで。

見ているだけで胸が締め付けられるようだった。

「一矢お兄ちゃんみたいにかっこいい人のこと、好きにならない人なんていないるのかな。どうして告白しないの？」

「好きだから……その人に嫌われたくないから、言えないこともあるんだよ。まだ翔くんにはちょっと難しいかな？」

「……うん、よくわかんない」

そう呟き、翔流はぎゅっと彼の首にしがみついた。

一矢にこんな顔をさせるのが誰なのか、気になってしかたがない。

だがその反面、知ってしまったら相手にどす黒い感情を抱いてしまいそうで怖かった。

――どうして、こんな気持ちになるんだろ……？

いったい、一矢に対してどんな感情を持っているのか、翔流は自分でもよくわからなくなっていた。

――ひょっとして俺、脳味噌まで幼児化しちゃってるんじゃないか……？

でないと、こんなに一矢に甘えたくて堪《たま》らない感情が説明できない。

事実、店を出てもう歩くべきなのに一矢に抱っこしてもらいたくて、べったりと抱きついたままでいる。

だって、一矢の温《ぬく》もりがこんなに心地いいなんて、今まで知らなかったから。

抱かれたまま、翔流が一人葛藤《かっとう》していると、青空を見上げた一矢がふいに呟いた。

「翔流さん、今頃どうしてるかな……」

連絡のないまま一晩経ってしまったのだから、心配していないわけがない。

わかっていても、名乗り出ることができないつらさに翔流はぎゅっと唇を噛んだ。

「……うちの母さんが迷惑かけて、ごめんなさい」

ただ、そう謝ることしかできない。

「翔くんが謝ることないよ。でも、電話一本してくれればいいのにって、ちょっと思っちゃったんだ。それとも電話も出来ないような状況になってて、大変なのかな……」

最後の方は、独り言になっていて、一矢は深刻そうな表情になった。

このまま、いつまでも騙し通すことなどできない。

いっそ、真実を打ち明けてしまおうか、と翔流が口を開きかけた時。

「さぁ、用事は済んだから、翔くんの洋服買いに行こう。いつまでもダブダブのTシャツにサンダルじゃかわいそうだからね」

と、一矢が駅前のデパートを指差す。

そこには子供服売り場があるのを、あらかじめ調べておいてくれたようだ。

「……うん」

また言い出し損ねて、翔流は頷くしかなかった。

二人でデパートへ向かい、店員に勧められるままにあれこれ試着する。

そこで一矢は子供用シャツと半ズボンを二枚ずつと、運動靴まで買ってくれた。

一矢が似合うと選んでくれたのは、白の半袖ポロシャツに紺色のバミューダパンツだ。

「今のをそのまま着て帰ります」

一矢が言い、残りの買い物と着てきたTシャツなどを包んでもらう。

こうして翔流は、ようやく身体に合う服を得て、普通の幼児らしくなった。

また無駄な散財をさせてしまった、と申し訳なさを感じながら、翔流は礼を言う。

「一矢お兄ちゃん、ありがと」

「いや、子供服なんか選んだの久しぶりだから、楽しかったよ。弟が小さい頃はね、よく僕が選んであげてたんだ」

「へぇ、そうなんだ」

一矢の弟思いは昔から知っていたが、初めて聞いたような顔をする。

店を出ると、どちらからともなく自然に手を繋ぐ。

大人ではまずあり得ない、男同士で手を繋ぐという行為も、幼児の自分相手なら当然で。

まだ幼児生活二日目だというのに、早くもこの環境に順応しつつある自分に驚きを隠せない。

――――だって、一矢とだとなんだか安心するんだ。

一矢と手を繋いだのは、彼がまだ小学校低学年の頃の話だ。兄貴ぶって手を繋ぎ、家まで送ってやったりしていたのが、今では逆の立場で彼に手を焼かせているのだから世話はない。

ほかにもあれこれ買い物し、思いのほか時間がかかったようで、デパートを出た頃には昼を過ぎていた。

「そういえばおなか空いたね。お昼、なにがいい？　翔くんの好きなものを食べて帰ろうか」

気を取り直したように、一矢が駅前の繁華街を指差した。

「……えっとね、ハンバーグ」

なにげなく答えると、一矢はなぜか笑った。

「はは、やっぱり兄弟だな、翔流さんもハンバーグが好きなんだよ」

「……そうなんだ」

知らないふりをしながら、目近で彼の笑顔を見せられて内心ドキッとしてしまう。

ずっと会っていなかったのに、いまだに自分の好物を憶えていてくれたのだと思うとなんとなく嬉しい。

――くそっ、こんないい男に成長するなんて、反則だぞ。

子供時代とはあきらかに違う感情に、翔流は自分でも戸惑っていた。

そんな話をしながら歩道を歩いていると、二人は建て替えなのか建設中のビルの前を通りかかった。

鉄骨の基礎工事中らしくかなり騒々しくて、互いの話し声もよく聞き取れないほどだ。

「うるさいね」

「そうだね」

早く通り過ぎてしまおうと、歩を速める。

細《こま》やかな気配りができる一矢は、安全のために翔流に歩道側を歩かせ、自分は道路側を歩いていたのだが、白いシートが張られた工事現場の前を通過しかかった、まさにその時。

敷地内に停めてあった大型クレーン車のアームが大きく揺れ、吊るされていた鉄骨三本のうちの一本がワイヤーの間を擦り抜けて落下してきた。

まさに、あっという間もない出来事だった。

視界が低い翔流はその事態にまったく気付かなかったが、反射神経のいい一矢が瞬時に反応する。

「危ない……！」

叫ぶなり、翔流を片手に抱えて地面を転がる。

すると次の瞬間、今まで彼らが歩いていた歩道の上に鉄骨が落下してきた。

まさに間一髪《かんいっぱつ》だった。

「きゃあぁぁっ！」

向かいの歩道から一部始終を目撃していたらしい、高校生の女の子達が甲高《かんだか》い悲鳴を上げている。

「だ、大丈夫ですか⁉」

工事現場からも作業員が何人か飛び出してきて、責任者らしき中年の男性が真っ青になっていた。

「翔くん、大丈夫か？　怪我は？」

身を起こすと、一矢は真っ先に翔流を立たせ、その全身を確認した。

「だ、大丈夫……」

あまりに一瞬のことだったので、なにが起きたのかまだよくわかっていない翔流はそう答えるのがやっとだった。

「いったいなにやってんだ！」

「す、すみません、何度も点検したんですよ。このワイヤーが外れるなんて、あり得ないのに」

と、クレーン車を運転していたらしい若い男性がおろおろしている。

「とにかく、誰か救急車を呼べ！」

「いえ、幸い怪我はありませんから大丈夫ですよ」

「本当に申し訳ありませんでした……！」

平身低頭《へいしんていとう》の作業員達にそう告げ、一矢は翔流を連れて足早にその場を立ち去った。

「やれやれ、とんだトラブルに巻き込まれちゃったね。でも怪我がなくてよかった」

「うん……」

こっくりしながらも、翔流はなんだか釈然としない思いを抱いていた。

自分が車に轢《ひ》かれる事故に遭ったのは、昨日のことだ。

それがまた今日、現場作業員があり得ないと首を傾げるような事故に巻き込まれかけた。

一矢が助けてくれなかったら、鉄骨の下敷きになっていたかもしれないと思うと今更ながらぞっとする。

悪い時には悪いことが重なるということなのだろうか。

「一矢お兄ちゃん、助けてくれて……ありがと」

そうお礼を言うと、一矢はにっこりした。

「どういたしまして。翔くんは翔流さんから預かった大切な人だからね。なにがあっても僕が守るよ」

一矢にとってはなにげない言葉だったのかもしれないが、翔流はドキッとした。

それがときめきだとは、今まで経験のない翔流にはわからなかったのだが。


それからファミリーレストランでハンバーグランチを食べて部屋に戻ると、ちょうど三時近かったので、一矢は帰り道の途中で買ってきたプリンをおやつに出してくれた。

それを食べているうちに、猛烈な眠気が襲ってくる。

まずい、俗に言う『おねむの時間』だ。

頭脳は大人のつもりでも、幼児の身体はすぐにスタミナ切れになってしまう。

それでなくても、今日はいろいろあったせいだろう。

スプーンをくわえながら、こっくりこっくり船を漕《こ》いでいると、それを見ていた一矢が笑いながら翔流を抱き上げた。

「眠くなっちゃったのか。そしたらお昼寝にしよう」

「ん……」

眠い目を擦っていると、一矢はリビングのソファーの上に翔流を寝かせ、腹の上にタオルケットをかけてくれる。

そしてそのまま立ち上がって行こうとするので、翔流は思わず彼のシャツの裾を摑んでしまった。

「どこ行くの……？」

少し寝ぼけていたせいか、一人にされることへの不安感が強くて、泣きたい気分になってしまう。

やはり急な幼児化は身体にも脳にも負担をかけているに違いない、と翔流は自身に言い訳した。

その声音から、『そばにいてほしい』という感情を読み取ったのだろうか、一矢はソファーのそばに跪いて言った。

「どこへも行かないよ、そばにいるから。そうだ、一緒に寝ようか」

「……え？」

「おいで」

戸惑っているうちに、一矢は仰向けにソファーの上で横になると、翔流の身体を自分の上に乗せる恰好で抱き抱えた。

そうして、あやすように背中を撫でてくれる。

――ひゃ〜〜〜っ！

まさか一矢に抱っこされてお昼寝をさせられるとは思わず、翔流は内心パニックに陥る。

「無理もないよな、こんなに小さいのにお母さんと離れて、たった一人でいるんだから。

もっとわがまま言ったり、甘えたりしてもいいんだよ」

大きな手でゆっくり撫でられると、不思議とざわついていた心が落ち着いてくる。

「一矢お兄ちゃん……」

小さな両手で、翔流は彼のがっしりとした胸板に縋りついて顔を埋めた。

懐かしい、一矢の匂いがする。

子供の頃から大好きな彼の匂いだ。

――俺、やっぱり一矢のこと……好き、なのかもしれない。

ようやくはっきり自覚すると、かなりショックだった。

――今頃気付くとか、俺ってなんて馬鹿なんだろ……。

二十歳の自分でいられた頃に、この想いに気付いてさえいれば。

あんな別れ方をせずに、ちゃんと一矢と話をして、せめて自分の気持ちを伝えていれば。

胸に湧《わ》き上がるのは、しても詮無《せんな》い後悔ばかりだ。

今度は一回り以上年下になってしまい、五歳から生き直さなければならない身では、彼に想いを伝えることはできない。

いや、厳密に言えばこの世に『室井翔流』という人間は存在しなくなってしまったのだから、もう昔のような関係には、永遠に戻れないのだ。

そう思うと、湧き上がる悲しみに胸を塞がれて、翔流は涙を堪えられなかった。

身体が子供なので、感情も制御《せいぎょ》が難しいのかもしれない。

「ふぇ……っ」

くしゃりと顔を歪《ゆが》め、啜《すす》り上げると、一矢はホームシックで泣いていると勘違いして優しくあやしてくれる。

「思い切り泣いていいよ。大丈夫、きっと翔流さんもお母さんもすぐ戻ってくるから」

「……うん」

五歳児という立場を利用し、翔流は思い切り泣いて、ここぞとばかりに一矢に甘えた。

今まで妙に兄貴風を吹かしていた自分が、こんな風に甘えていると知ったら、一矢はどんな顔をするだろう？

もし知られてしまったら、恥ずかしさで軽く死ねると思ったが、泣くだけ泣いてしゃくり上げていると一矢が背中を撫でてくれたので、その心地好さにだんだんと眠くなってくる。

そして翔流は、泣き疲れて一矢の胸に抱かれたまま、くうくうと小さな寝息を立てて眠り込んだ。

「で？　抱っこされながら、気持ちよく一緒にお昼寝をしたというわけか」

「……まぁ、端的《たんてき》に言ってしまえばそうです」

「たわけめ。端的に言わなくてもそうだろうが」

「……」

返す言葉もなく、翔流は項垂《うなだ》れる。

その晩、いつものようにまた唐突にミコトが深夜を狙って部屋を訪れたので、翔流はベッドの上に正座していた。

昼間、デパートで一矢が買ってくれた、にゃんこ着ぐるみパジャマを着ている翔流だ。

ご丁寧に、ピンクの肉球のついた手袋付きである。

その出で立ちを上から下まで睥睨《へいげい》し、ミコトがおもむろに感想を述べようとしたので、翔流は肉球を突き出して止めた。

「……なにも言わないでくださいっ！　自分が一番よくわかってるんですから……っ」

二十歳の精神に、にゃんこコスはかなりキツい。

だが一矢が『翔くんに似合いそうなパジャマ見つけたよ』などと喜んでいる姿を見てしまうと、着たくないと突っぱねることができなかった翔流であった。

「まだ真実を打ち明けぬのか。いったいいつまで隠すつもりなのだ？」

皮を剝《む》き、四つに割った柿の一つを一口で放り込みながら、ミコトが言う。

律儀《りちぎ》な翔流は、一矢に『柿が食べたい』とおねだりしてスーパーで買ってもらい、約束通りお供え物として用意しておいたのだ。

柿好きの幼児というのも苦しいが、ミコトに気持ちだけでもお返しがしたかったので、『柿大好き！』と自作の歌を歌ってまで柿好きをアピールした。

幼児だとスーパーで歌っても、通りすがりの年配のご婦人に『あらあら、お歌がお上手ねぇ』などと褒《ほ》めてもらえるので、だんだんと恥を忘れつつある翔流である。

ちなみに皮も危ないからと一矢が剝いてくれている。

なに一つまともに出来ない今の身に、内心忸怩《じくじ》たる思いがあるが、致し方ない。

「何度も言おうと思ったんです。けど……なかなか言い出せなくて」

ミコトが出現すると、つい反射的に正座してしまう翔流は、ベッドの上でもじもじする。

あっさり皿を空にすると、ミコトはおもむろに言った。

「柿はもうないのか？」

「もう丸三個食べてますよ、ミコト様」

「気が利かぬのぅ。もっと用意しておけ」

まだまだ食べ足りなさそうなミコトは、不満顔だ。

「無理言わないでください。幼児が柿三個一気食いしたら、おなか壊すって叱られます、普通」

剝いてもらった柿がすべてなくなったので、一矢になんと言い訳しよう、と今から悩む翔流だ。

「そうそう、今日来たのは主に一つ忠告しておかねばならぬことがあったからじゃ」

「忠告？」

柿を食べに来たのではないのか、と翔流はにゃんこ姿のまま居住まいを正す。

「昼間の事故は、偶然ではないぞ」

「……え？　見てたんですか？」

まさかミコトが事故のことを知っていたとは思わず、翔流は目を丸くした。

見ていたなら助けてくれればいいのにな、とつい考えてしまってから反省する。

二度もミコト様を頼って助けてもらおうというのは、やはり図々し過ぎるというものだ。

「でも、偶然じゃないってどういうことですか？」

「主は本来、昨日の交通事故で命を落とす予定じゃった。あの瞬間、主の命運は尽きておった。それを我が介入して助けたが、人の運命を変えるのは実はかなり難しい。天に定められた力が働く故《ゆえ》じゃ」

「それってどういうことなんですか？」

「つまり、無理に変更させて変わってしまった未来を元通りに修正しようとする力じゃ。二十歳で命を落とすはずだった主が交通事故を逃れてなんとか助かったが、次の日結局川で溺《おぼ》れて死ぬとか、そうしてなんとか帳尻を合わせようとする。さすれば本来死ぬべき運命は予定通りになり、さして問題は起きぬということじゃ」

「ええっ⁉　そ、そんなぁ……」

せっかく助かったと思ったところで、結局死ななければならないかもしれないと聞かされ、翔流はただ茫然とするしかなかった。

「で、でもあの時、死神さんが見逃してくれて助かったんじゃなかったんですか？」

翔流がそう言うと、ミコトはなぜか秀麗《しゅうれい》な眉をひそめる。

「奴のことは口にするでない」

「え、どうして？」

するとミコトが答えるより早く、空中にあの時目撃した黒ずくめの死神が出現する。

「今、うちのこと、呼ばはりました？」

「呼んでなどいない。去れ」

相変わらずの軽いノリでの登場に、ミコトが言葉の刃《やいば》でばっさりと一刀両断する。

「まぁまた、つれないわぁ。いや、わかってます、口ではそんなん言わはっても、本心ではうちのこと、憎《にく》からず思ってはるんでっしゃろ？　いい加減素直になっても誰も咎《とが》めはしませんで？」

と、死神は不屈の精神でぐいぐいとミコトに迫った。

「昨日、あんさんのお願い聞いてあげましたやろ？　そろそろ、うちの立派な暴れん坊も我慢の限界でっせ。さあ、さあ！　手に手を取って、めくるめく官能と愛欲の世界へ！」

鼻息も荒く口説いてくる死神を、ミコトは氷のような冷たい視線で睥睨する。

「主の下半身事情などどうでもよい。それより童の疑問に答えてやれ」

「そのつれないとこが、また堪らんわぁ。はいはい、わかりました。こうなることは最初っから決まっとったっちゅうか、まぁ避けて通れん道ですわな」

死神の関心はただひたすらミコトに注がれているらしく、頬擦《ほおず》りせんばかりの勢いの彼は翔流の方を見もせずに答える。

「し、死神さんの力でも回避できないんですか？」

縋る思いで尋ねるが、死神は気障《きざ》ったらしい仕草で人差し指を左右に振ってみせた。

「坊、死神がいったいどんだけ存在すると思ってはりますの？　全世界の人間の魂を天界及び地獄へ運搬するんでっせ？　うちはまぁ、これでも死神ナンバー四十四っちゅう二桁《けた》ナンバー保持者なんでそこそこエリートやけど、人間界で例えるなら大企業の中間管理職ちゅうところですわ。せやから上の意向に逆らうことはできません」

「そう……ですか……」

小さな肩をがっくりと落とす翔流を尻目に、死神はミコトに聞こえよがしに呟く。

「おまけにミコト様がご褒美《ほうび》くれへんしな〰〰ご褒美くれはったら、なんとかならんこともないんやけどな〰〰」

「ええい、鬱陶《うっとう》しい！　どうにもならんのに嘘をつくな」

隙あらばキスを仕掛けてこようとする彼を、ミコトは無慈悲《むじひ》に片手で押しのけた。

「我らに出来るのは、最初の運命を変えてやることだけじゃ。修正の力は主自身が回避せねばならん。三日、持ち堪えてみせよ。さすれば生き残ることができるやもしれぬ」

「そ、そしたら家に引き籠もってその三日間をやり過ごせば助かるってことですか？」

翔流は一縷《いちる》の望みに縋り、そう尋ねる。

「さぁのぅ。なにせ強大な力じゃ、どんな手段で来るやら皆目《かいもく》見当もつかぬ。家に籠ったところで道路からダンプが突っ込んでくるやもしれぬし、火事が起きるやもしれぬ。そこを見事生き残ってみせるのが、主に与えられた課題なのだ」

まさに、一難去ってまた一難だ。

翔流は途方に暮れるしかなかった。

「それはそうと、もう一つでよいから食べたかったのぅ……」

そう呟き、空《から》になった皿をミコトが物憂げに見つめる。

彼の関心も、翔流の命運より専《もっぱ》ら柿の方にあるらしい。

神様達、マジ自由過ぎ、と翔流は心の中でだけ突っ込みを入れる。

本当に柿が好きなんだな、と感心し、その愁いを帯びた美貌を眺めているうちに、なぜか翔流の脳裏《のうり》にふっと子供時代の記憶が蘇った。

この横顔を、いつかどこかで見たことがあったような気がする。

なぜだか、そんな確信が胸をよぎった。

思い出そうと努力するが、どうしても思い出せない。

「ミコト様、ひょっとして昔どっかで会ったことありました？」

「下手なナンパと同じ台詞《せりふ》を言うな、童が」

降参し、本人にそう尋ねるが、鼻先で軽くあしらわれてしまった。

「その童にしたのはミコト様なんですけど」

すかさず突っ込みを入れてやったが、ミコトはそしらぬ顔だ。

なので、翔流もやっぱり気のせいだったかなと疑問を引っ込めた。

が、今度は死神が食いついてくる。

「おやおや、聞き捨てなりませんな、坊。人間の分在でミコト様を口説く気でっかいな？　このお方はなぁ、こんな綺麗な顔してはりますけど、ホンマは……おお、怖い怖い！　怖ろしゅうてこれ以上は口に出来まへんわぁ」

「え？　ミコト様って怖い神様なんですか？」

「そりゃあ仏教でもなんでも、悪神から改心した神さんはぎょうさんいてはりますがな。ミコト様はその中でも……」

「それ以上余計なことを言うなら、窓から放り出すぞ」

切れ長の瞳に睨まれ、死神は両手で口を押さえる真似をして黙った。

「あ、だから死神さんと仲良しなんですね」

天然の翔流がなにげなく言うと、ミコトは心底嫌そうにその秀麗な眉をひそめる。

「これと一緒にするでない」

「その言い草はないですわ〜〜〜いくらうちに惹《ひ》かれかけてるからって、照れ隠しにもほどがありまっせ、ミコト様」

「寝言は寝て言え」

死神の機関銃《マシンガン》のようなお喋りにうんざりしたのか、眉間《みけん》にくっきりと縦皺《たてじわ》を刻んだミコトがけんもほろろにあしらい、最後に翔流に向かって言った。

「そういうわけだから、せいぜい気張って生き残るがよい」

「……は、はい……頑張ります」

そうとしか答えられず、翔流はぺこりと一礼する。

ミコトが立ち去る気配を察し、すかさず逃がすまいと、死神が食い下がった。

「せっかく会えたんやし、これから茶ぁでもしばきませんか？　ミコト様」

「うるさい、消えろ」

そんな彼を斜め下四十五度の角度で見下したミコトが指を鳴らすと、その姿は掻き消すように消えてしまった。

「わかってへんなぁ、ミコト様は。男っちゅう生き物は、つれなくされたらされるほど燃えるもんなんでっせ！　ま、あれやな、本音はうちに追いかけてほしいんでっしゃろ。罪なお方や、まったく」

どこまでも不屈の精神で前向きな死神は、そう嘯《うそぶ》き、翔流に向かって茶目っ気らしく片目を瞑ってみせた。

「っちゅうわけで、頑張りや。うちがせっかく見逃したった命や。大事にするんやで」

そして、やってきた時と同様に一瞬で姿を消す。

室内には、既に翔流一人だ。

——はぁ……神様のノリについていけない……。

彼らが帰って、がっくりと疲れてしまった。

と、その時、部屋のドアがノックされ、翔流はベッドの上で飛び上がってしまった。

「翔くん？　入るよ？」

一矢の声だ。

なにかおかしなものは残っていないかと周囲を確認し、空の皿を隠してから、翔流は慌ててベッドの中に潜り込む。

一矢がドアを開けると、わざと今まで眠っていたように片手で目元を擦ってみせた。

「う〜ん、どうしたの？」

「今、誰かと話してなかった？」

一矢に問われ、ミコト達との会話を聞かれてしまったのかと内心ぎくりとするが、平静を装い、首を横に振る。

「う、ううん、どうして？」

「いや、廊下まで話し声が聞こえてきた気がして。そうか、それじゃ気のせいかな」

どうやら、眠ったかどうか様子を見に来てくれたらしい。

部屋に入ってきた一矢は、布団を掛け直してくれたが、翔流の枕元に跪くと、しばらく迷った末に言った。

「翔くん、一緒に寝ようか」

「……え？」

「おいで。僕のベッドの方が広いから」

おそらく昼のこともあり、一矢は『翔』が母親恋しさに独り言を呟くほど寂しがっているると思ったのだろう。

幼児が遠慮するのもおかしなものなので、翔流は素直にこっくりした。

枕を抱えて起き上がると、一矢が軽々と抱き上げ、彼の部屋まで運んでくれる。

もうすっかり彼に抱かれることに慣れてしまった翔流は、いつしかこの場所が一番ほっとできる空間になっていたことに気付いた。

部屋へ入ると、一矢はにゃんこ姿の翔流をそっとベッドの上に下ろしてくれる。

体格がいいせいか、一矢のベッドはセミダブル仕様だったので、二人が並んで寝てもそう狭くはなかった。

「ふふ、そうしてると本当ににゃんこみたいだね。よく似合ってるよ」

言いながら、一矢が首元まで布団をかけてくれる。

ここは二十歳男子として憮然《ぶぜん》とすべきか、それとも幼児の気持ちになりきって喜ぶべきか悩む翔流だ。

「歯ぎしりとかしないと思うけど、うるさかったら起こしていいよ」

わざと明るく言って、一矢は室内の灯りを常夜灯だけにした。

「おやすみ」

「……おやすみなさい」

そう挨拶しても、一矢と同衾《どうきん》していると思うとなんとなくドキドキしてしまって、なかなか眠れない。

少し遠慮して身体がぶつからないように気を付けながら、不自由そうに寝返りを打っていると、ふいに一矢の腕に引き寄せられた。

「……!?」

「狭いだろ、もっとこっちおいで」

その逞しい胸板に抱き寄せられ、翔流は口から心臓が飛び出しそうなくらいに動揺してしまった。

だが、そこで一矢の心地好さそうな寝息が聞こえてきて、少しほっとする。

これでもう、動揺を知られずに済む。

安心して彼の胸に頬を寄せてまどろむと、一矢の力強い心臓の鼓動が聞こえてきた。

これが、生きている証《あかし》。

その心音を聞いていると、高ぶっていた神経が落ち着いてくる。

――一矢、いろいろ本当にありがとな。

面と向かって言えないので、せめて心の中でだけ告げる。

『翔流の弟』だという嘘を信じ、見ず知らずの子供にここまで親切にしてくれた彼の優しさに、感謝の念しか浮かばない。

だが、もうこれ以上一矢に甘えることはできない。

薄闇《うすやみ》にだんだんと目が慣れてきて、翔流は目近で彼の端整《たんせい》な横顔を飽きることなく眺めた。

これが一矢と一緒に過ごせる、最後の時間になるかもしれない。

ふと、そんな予感がしたから。

――なんとかやるだけのことはやってみるけど、それでも修正の力から逃れられなかったら……一矢の前から姿を消すしかない。

自分のせいで一矢が危険な目に遭うなんて、耐えられない。

それには、彼から離れるしか方法はなかった。

だが、五歳児が生きていくには、どうしても保護者の存在が必要になる。

これからどうやって生活するのかを、まず考えなければ。

大学も中退しなければならないだろうし、まずは信じてもらえるかわからないが実家の両親に相談するしかないだろう。

現実的なことをあれこれ考えながらも、一矢と離れなければならないと思うと、胸が張り裂けそうに苦しかった。

――だけど、今だけ……今だけだから……。

最後に、一矢の温もりを憶えていたい。

翔流はおずおずと温かい彼の胸に頰を寄せ、目を閉じた。

◇　◇　◇

とても眠れないと思っていたが、一矢の腕の中で安心したのかいつのまにか熟睡《じゅくすい》して
しまったようだ。
翌朝目が醒《さ》めるとベッドに既に一矢の姿はなく、翔流は小さくあくびをし、もそもそと
起き出した。
ようやく着ぐるみパジャマを脱ぐことができ、パーカーと半ズボンに着替え、洗顔を済
ませる。
それからダイニングに向かうため廊下に出ると、ベーコンの焼けるいい匂いがしてきた。
「おはよう、もう起きたの？」
「うん、おはよ」
まだ少し眠くて、目を擦りながらほてほてと歩いてキッチンへ行くと、黒のエプロンを
つけた一矢はほどよく炒めたベーコンの上に卵を割り入れたところだった。
「目玉焼きは片目？　両目？」

「両目！」

「了解」

リクエストを受け、一矢は綺麗に黄身が盛り上がった、ぷるぷるの両目の目玉焼きを焼いてくれた。

「翔流さんもね、卵大好きなんだよ。いつも両目で、たまには三つがいいって言う時もあって。はは、ちょっと食べ過ぎだよね」

彼の口から自分の話題が出ると、なんだか胸が締め付けられる。

一矢は、こんなに大切そうに自分の名を呼ぶのだと、『他人』の目を通して見て、初めて知ってしまったから。

「翔くんは一人でちゃんと起きられて、着替えもできて偉いね。きっとお母さんがきちんとした方なんだろうね」

存在しない架空の母親を褒められ、罪悪感がちくりと胸に突き刺さる。

「さぁ、トーストも焼けたし、朝ごはんにしよう」

「……うん」

いただきます、と小さな両手を合わせて翔流は焼きたてのトーストにかぶりつく。

テーブルの上に置かれていた、洒落た調味料入れには塩、醬油、ソース、ケチャップ、マヨネーズなどが揃っていたが、翔流はほとんど無意識のうちにいつものように七味とマヨネーズをかけた。

――なんて説明すれば、いいんだろう？

どう言えば一矢を納得させられるのか、まるで自信がなかった。

幼児が『もう大丈夫だから、一人でおうちに帰って母さんの帰りを待つ』などと主張しても、常識人の一矢がそれを認めるはずがない。

必ず家まで送ると言うだろうし、他の保護者を見つけないことには翔流を決して一人にはしないだろう。

もともと嘘をつくのが下手な翔流は、ここを出て行くためにはどう話を切り出せばいいのかと、朝からずっとうわの空だった。

「あまり食べてないね。おなか空《す》いてないの？」

「う、ううん、おいしいよ」

いけない、このままでは食欲がないとまた一矢を心配させてしまうと、翔流は急いで朝食の残りを頬張った。

「いい天気だなぁ。そうだ、今日は遊園地でも行こうか？」

「え……？」

食事が終わると、ふいに一矢が言い出す。

「ずっと部屋に閉じ籠もっててもつまらないだろう？　よし、出かけよう！」

どうやら翔流が落ち込んでいるのが母親恋しさからきていると勘違いし、気を紛《まぎ》らわせようとしてくれているらしい。

「で、でも……」

その気持ちは嬉しかったが、外へ出かけて事故や災害に遭ったら、また一矢まで巻き込んでしまうかもしれない。

翔流にとって、それが一番怖かったのでなんとか理由を作って拒否しようとしたが、一矢は既に自分の鞄を取ってきてしまった。

「ええっと、翔くんのジュースと汗拭きタオルとウェットティッシュ、それにおやつも入れたっと」

と、鞄に幼児お出かけアイテムをあれこれ詰め込んで用意は完璧だ。

「しまった。翔くんの帽子がないな。しかたない、遊園地で買おう。さぁ行こうか」

「……うん」

どうしよう、と迷っているうちにさっさと部屋から連れ出され、翔流は途方に暮れた。

——俺、やっぱりもう一矢のそばにいちゃいけないのかもしれない。

これ以上、彼を危険な目に遭わせるわけにはいかない。

だが、事情を説明して彼を納得させられない以上、強硬手段をとるしかなかった。

——遊園地なら、人混みに紛れて一矢から離れられるかも。

彼に気付かれることなく姿を消すには、混雑した遊園地はうってつけの場所に思えた。迷子になった自分を当然一矢は探すだろうが、フルネームも住所も知らないのだからそれ以上為《な》す術《すべ》はないだろう。

一矢の元を去り、その後どうすればいいのかはわからないが、翔流の頭の中はとにかく一矢を守ることで一杯だった。

一矢が電車で向かったのは、都内にある大型遊園地だった。

夏休みということもあり、園内は家族連れやカップルなどで賑わっている。

「プールもあるけど、泳ぎたい？」

「い、いい！　プールはいいよ」

水に入って溺れたら困ると、翔流は慌てて断った。

君子《くんし》危うきに近寄らず、だ。

「よし、それじゃアトラクションだな。僕も遊園地に来るのは久しぶりだから、なんだかワクワクしてきたよ」

アトラクションも、事故が起きないとは限らないので、なるべくハードでないものに一矢を誘導しようと心に決める。

「どれがいい？」

「あ、あれ……乗りたい」

翔流が指差したのは、メリーゴーランド。

回転木馬に興味はないが、これなら安全だろうと判断したからだ。

一矢は恥ずかしいから見ていると言うかな、と思っていたら、ためらう様子もなく一緒に木馬に跨《また》がってくれた。

五歳の子を一人で乗せて、万が一落ちたりしたら危険だと思ったのだろう。

そういうところが彼らしいと嬉しくなった。

次は？　と問われ、無言で回るコーヒーカップに駆け寄る。

すると一矢は、不思議そうに首を傾げた。

「翔くん、ジェットコースターとかゴーカートとか乗りたくないの？」

「こ、怖いからいい」

どちらも、力技で事故を起こそうと思えば起こしやすそうな乗り物だ。

はなはだ不本意ではあったが、そういうことにしておいた方が無難だろうと考え、翔流はそう言い張った。

一矢はその言い訳をさして不審に思った様子もなく、「それじゃ翔くんの乗りたいやつに乗ろう」と言ってくれた。

安全そうなアトラクションを選んで園内を回り、昼食には翔流のリクエストで外の売店でフライドチキンやポテト、それにたこ焼きなどを食べた。

食事の後、近くにあったお土産物ショップには、その遊園地のマスコットキャラクターである猫のグッズがところ狭しと並べられているのを眺める。

その中で、一矢が『可愛いから』とネコ耳カチューシャを買ってくれた。

どうも一矢は、翔流に動物コスプレをさせるのが好きらしい。

せっかく買ってくれたのに被《かぶ》らないのも悪いので、午後はそれを被って園内を回る。

夏休みの園内は家族連れでほどよく混んでいて、翔流は何度か一矢の隙を見て迷子になるタイミングを計ったが、すべてに対してそつのない一矢は、常に翔流の手を繋いでいたので、当初の人混みに紛れてはぐれるという計画は失敗に終わった。

翔流自身にも、この楽しい時間がもう少しだけ続けばいいという思いがあり、ずるずると時間だけが過ぎていく。

そうこうするうちに、とうとうとっぷりと日が暮れてきてしまった。

「そろそろ閉園時間だね。最後にあれ乗ろうか」

一矢が、近くにあった巨大観覧車を指差す。

ジェットコースターなどの乗り物は拒否し続けてきた翔流だったが、あれなら大丈夫かなと同意する。

そして、これを最後に一矢の前から消えるつもりだった。

閉園が近いせいか客はまばらで、二人はすんなりとゴンドラに乗り込む。

向かい合わせに座り、ゆっくり上昇してく外の景色を眺めていると、だんだん都内の夜景が見えてくる。

「わぁ、綺麗だね」

「……そうだね」

ふと気が付くと、一矢は考えごとをするように夜景ではなくどこか遠くを見つめている。

行方不明の自分が心配をかけているのだと思うと、申し訳なさで翔流の小さな胸もぎゅっと苦しくなった。

「……ひょっとして、翔流兄ちゃんのこと考えてる?」

おそるおそる聞いてみると、一矢は苦笑した。

「うん。翔流さんにとって、僕はいてもいなくてもどっちでもいい存在なのかなって……ちょっと落ち込んでたとこ」

「そんなことないよ！　翔流兄ちゃんは一矢兄ちゃんのこと、すごく大事だって言ってたよ」

たまらずそう弁解してしまうが、一矢の表情は晴れない。

「なら、どうして連絡くれないのかな……？　三日も連絡なしに行方がわからなかったら、僕が死ぬほど心配するってわかってるのに、どうして……？」

「それは……」

こんなに一矢を苦しめているのなら、信じてもらえなくてもいいからいっそ真実を打ち明けてしまおうか。

迷ったが、翔流は結局それを呑み込んだ。

すべてがあの事故がきっかけだと知れば、やはり一矢は自分が原因を作ったのだと己《おのれ》を責め続けるだろう。

それくらいなら、やはり自分がこのまま黙って消えた方がいいと思った。

もうこの世に、『二十歳の室井翔流』という人間は存在しないのだから。

だから翔流は、最後に一番伝えたかったことを口にした。

「一矢お兄ちゃん……大好き」

元の自分だったら、ぜったい言えなかっただろう告白を、小さな声で呟く。

すると一矢は、向かいの席から大きな手で翔流の頭を撫でてくれた。

「僕もだよ。きみがいてくれたお陰《かげ》で、翔流さんのことであまり悩まずに済んだ。それに不思議だけど、翔くんとはつい最近初めて会った気がしないんだ」

ひどく落ち込んでいた一矢だったが、優しい笑みを浮かべて続ける。

「きっと、翔流さんといろいろ似てるからかな。きみを見ていると、翔流さんが子供の頃のことを思い出すよ。離れて暮らしていても、兄弟ってこんなに似るんだね」

似てるんじゃない、自分がその翔流なのだと、喉元まで出かかるが、声にすることはできなかった。

と、その時、二人の乗ったゴンドラがちょうど観覧車の頂上付近に到達する。

一番の絶景ポイントに差し掛かり、二人が外の景色に気を取られた、次の瞬間。

突然ゴンドラの扉が音を立てて開いた。

高所のせいか、その途端に突風が吹き込んできて、ゴンドラはバランスを失ってグラグラと大きく揺れ始める。

「わっ！」

ただでさえ球状で不安定なゴンドラが揺れるのだから、体重の軽い翔流はひとたまりもなく座席から投げ出され、身体がふわりと宙に浮いた。

空中に投げ出され、ああ、この高さから落ちて死ぬんだ、と覚悟してぎゅっと目を閉じる。

が、強い力に腕を掴まれ、翔流の身体はゴンドラの外に宙吊りになる恰好でぶら下がった。

「翔くん！　大丈夫!?」

間一髪、翔流の腕を掴んだ一矢が、開け放たれたゴンドラの中から身を乗り出して自分を支えているのを見て、翔流はぞっとした。

突風が吹いてゴンドラが安定していないのに、こんな体勢でいたら一矢まで落ちてしま

う。

「手、放して！　一矢兄ちゃんまで落ちちゃう！」

「バカ言うな、しっかり掴まってろ！」

必死で叫んだが、一矢はしっかりと翔流の腕を掴み、勢いをつけて上へと引き上げた。

「あっ！」

一矢の腕力でなんとか翔流の小さな身体をゴンドラの中へ引き戻したが、扉は外からしか閉められない構造になっているのでどうにもできない。

ようやく取り戻した翔流の身体をしっかりと抱え、一矢は扉と反対側の窓にしがみつき、ゴンドラが地上に戻るまでの時間を耐えるしかなかった。

「なぜだ……係員が確かにロックをかけていたはずなのに、どうして扉が開いたんだ……？」

茫然とした呟きに、原因は自分にあると言えない翔流はぎゅっと唇を噛む。

やはり、自分の考えが甘かった。

そしてどこへ逃げても、なにをしても、修正の力からは逃れられないのだと絶望する。

そうこうするうち、地上でも事故が起きたことに気付いたのか遊園地のスタッフ達が集まっているのが小さく見えた。

「翔くん、しっかり掴まってて」

「……うん」

苦しいほどに自分を抱き締めている一矢の腕から、事故の緊張が伝わってきてつらかった。

そして、ようやくゴンドラが地上に着くと。

「お、お客さま！　大丈夫ですか⁉」

スタッフが顔面蒼白で駆け寄り、二人をゴンドラから降ろしてくれる。

二人が無事降りると、観覧車はほかの乗客をすべて降ろし、その場で緊急停止された。

「本当に申し訳ありません……！　扉のロックは必ず確認するので、本来こうした事故が起きるはずはないのですが……」

ロックを担当したスタッフが言い訳をしているうちに、スーツ姿の男性達もこちらへやってくる。

「ただいま責任者が参りましたので、お手数ですが詳しい状況をお聞かせ願えますでしょうか？」

それを聞いた翔流は、大人達の足元を縫うようにたっと駆け出す。

これ以上騒ぎになるのも困るし、一矢から逃げるには、現場が混乱している今しかないと思ったのだ。

「翔くん⁉　待って！　どこ行くの⁉」

驚いた一矢の声が聞こえたが、無視して走り続ける。

小さな身体で猛ダッシュし、すっかり暗くなった園内を人気《ひとけ》が少ない方を選んで逃げた。

後は閉園までどこかに身を潜《ひそ》め、一矢が諦《あきら》めて帰るのを待てばいい。

と、その予定だったのだが、幼児の身体ではたちまちスタミナ切れで、立ち止まって休んでいるとあっという間に一矢に追いつかれてしまった。

「捕まえた！　いきなりどうしたの？　急に駆け出すからびっくりしたよ」

もう逃げられないようにと、一矢が腕を摑んできたが、翔流はそれを振り払った。

「ごめん……もう行かなきゃ」

涙が出そうになるのを堪え、無理やり笑顔を作る。

もうこれ以上はいけない。

ぎりぎりまで一矢のそばを離れたくなくてぐずぐずしてしまったが、これ以上彼を巻き込み、万が一その身になにかあったら耐えられないと思った。

修正の力は、今日中に必ず自分を殺して帳尻を合わせるだろう。

これが生きて一矢に会える最後なのだと思うと、告げるべき言葉はなにも思い浮かばなかった。

「え……どこへ？」

唐突な別れの挨拶に、一矢がぽかんとしている。

「うんと、遠いとこ。一矢お兄ちゃん、この三日間、ずっと一緒にいてくれてありがと。ほんとに楽しかったよ」

言いながら、翔流は嘘をつくうしろめたさにうつむき、無意識のうちに指先を弄《いじ》った。

「僕のところでお母さんと翔流さんの帰りを待つんじゃなかったのか？　ちゃんとした保護者がいないのに、きみを一人でなんか行かせられないよ」

予想通り、一矢がそう言ったが、ふるふると首を横に振る。

「……ほんとに、平気だから。だから……」

さよなら、と翔流は消え入りそうな声音で囁いた。

その拍子に、堪え切れなかった涙がぽろりと頬を伝って落ちる。

泣き顔を見られたくなくて、翔流はくるりと踵《きびす》を返し、一目散《いちもくさん》に駆け出した。

すると。

「……翔流、さん……？」

背後から本当の名を呼ばれ、ぎくりと足が止まる。

信じられない思いでおずおずと振り返ると、一矢は食い入るように翔流を見つめていた。

「翔流さん、自分で気付いてないかもしれないけど、子供の頃から嘘をつく時、いつも指先を弄る癖があるんだ。それに今朝、目玉焼きに七味マヨネーズかけてたの見て、ドキっとした」

核心を衝《つ》かれ、翔流はその場に硬直するしかない。

そして、思っていた以上に一矢が自分をよく観察していたことに驚いた。

「ずっと、おかしいおかしいって思ってたけどまさか、そんなことあるはずないって自分に言い聞かせてた。でも本当に、翔流さんなんだね……?」

「……一矢」

うっかり口走ってしまってから、慌てて両手で口を押さえる。

これではそうだと白状してしまったに近い。

後悔しても、あとのまつりだった。

「やっぱり、翔流さん……!」

血相を変えて駆け寄った一矢が地面に跪き、翔流の小さな身体をがくがくと乱暴に揺さぶった。

「どうして⁉　なんでこんなことになっちゃったんだよ?」

「……それは……言ってもきっと、おまえ信じないよ」

自分だって、まだこれが現実だと思えないくらいなのだ。

本当のことを話して、信じてもらえるとは到底思えなかった。

「言ってよ!　お願いだから」

「……一矢」

この状態では、説明せずには解放してもらえそうにない。

やむなく、翔流は彼に最初からの経緯《いきさつ》を説明した。

ミコトに出会い、事故で死ぬところだったのを救ってもらったこと。

その代償に五歳児にされてしまったこと。

だが、変わってしまった未来を修正するために、自分が再び命を狙われていることなどを一気に話す。

「だから……俺のそばにいたら、おまえまで巻き添えを食うんだよ。ここでさよならだ」

もはや五歳児のふりをする必要もなく、翔流は普段の調子でそう言い聞かせたが、一矢は激しく首を左右に振る。

「嫌だ……！　そんなこと、できるわけないだろう⁉　僕が翔流さんを守る……！」

「頼むから、言うこと聞いてくれよ……おまえになにかあったら、俺も生きてはいられない……っ」

必死でしがみついてくる一矢を押しのけようと、翔流は小さな身体で奮闘する。

が、彼は決して離そうとはしなかった。

「ミコト様……！　近くにいらっしゃるなら聞いてください！」

そして、翔流を抱えたまま突然空に向かって叫ぶ。

「か、一矢⁉」

「翔流さんの代わりに、僕の命を差し上げますと死神さんに伝えてください。俺にできることなら、なんでもします。だから……お願いですから、翔流さんを助けてください、元に戻してあげてください……！　この通りです……っ」

翔流を抱えるために地面に両膝をついていた一矢は、そのまま両手もついてその場に土下座した。

夜になり、パーク内に人気は少なくなってきたとはいえ、そんな彼の姿を通りすがりの家族連れが不思議そうに眺めていく。

が、そんな視線はものともせず、一矢はその姿勢を崩さなかった。

「や、やめろって！　このバカ！　おまえを犠牲に助かって、俺が喜ぶと思うのか⁉」

翔流は慌てて彼を立たせようとするが、一矢は頑《がん》として動かない。

「僕があんなこと言ったから……翔流さんを危険な目に遭わせてしまった。全部僕の責任なんだよ。好きな人を苦しませるなんて、最低だ……」

「……え？」

今、なんと言った……？

翔流は大きく目を瞠《みは》り、一矢を見つめた。

「いつからかは憶えてないほど、ずっとずっと前から翔流さんのこと、好きだった。嫌われるのが怖くて言えなかったけど……僕は翔流さんが好きなんだ」

髪を振り乱して顔を上げ、一矢はひたむきな視線を向けてそう訴えてくる。

一矢の片思いの相手が、自分だったなんて。

まさかそんなこと、あるはずがないと翔流はすぐには信じられなかった。

「だっておまえ……覚に、俺と暮らすの後悔してるって言って……」

「それは、僕の誤算だったんだ。翔流さんに告白したくて、なんとか夏休みの間だけでもと画策《かくさく》して同居に持ち込んだけど、そばにいたらもう我慢できなくて……翔流さんのこと、何度も押し倒しそうになって。でもそんな、翔流さんに嫌われるようなこと、できなくて。毎日が拷問《ごうもん》だったから、つい……覚に愚痴っちゃったんだ」

「押し倒……っ⁉」

過激なワードに、翔流は耳まで紅《あか》くなる。

言われてみれば、一矢の様子がおかしかったのは自分と身体が接触した時や裸を見た時だった。

好意を持っている相手の前で無神経にしてきたあれこれを思い出し、翔流は内心冷や汗を掻く。

「そ、それじゃ覚はおまえの気持ち知って……？」

「うん、小学生の頃から、ずっと相談してたから」

「小学生……」

というと、ほぼ出会った頃からということだ。

あまりの年月の長さに、茫然とさせられる。

長い付き合いなのに、知らぬは自分ばかりだったということか。

「お、おまえの気持ちはよくわかった。それはともかくとしてだな、俺の気持ちも理解してくれ。おまえはこのまま部屋に戻って、すべて忘れて元の生活に戻るんだ」

突然の告白に動揺しつつも、なんとか彼を説得しようと試みるが。

「いやだ！　僕は絶対に諦めない！　翔流さんは僕が守ってみせる……！」

「一矢……っ！」

まったく聞く耳をもたない一矢は、突然翔流を抱き上げ、走り出した。

そのまま遊園地を出て、夜の歩道を疾走する。

幼児を担《かつ》いでいるとは思えないほどの速さだ。

「ど、どこ行く気だ⁉」

「ミコト様は、三日凌《しの》げば生き延びられるって言ったんだよね？　今日夜の十二時まで、あと五時間弱だ。それまでの間、逃げ続けるんだよ」

「バカ言うな！　どこでなにがあるかわかんないんだぞ⁉」

「そんな状況で、僕が幼児状態の翔流さん放り出すなんて、本気で思ってるの？　見くびらないでよ」

きっぱり断言され、翔流は言葉に詰まった。

「どこか危険のないところ……平地で見晴らしがよくて、ビルとかなくて上からの落下物がなくて、車が走ってなくて、人がいないところ……」

「ビルがなくたって、ヘリとか墜落《ついらく》してくるかもしんないだろ」

「こんな視界の悪い夜に飛んでるヘリは少ないと思うよ」

万が一事故を起こしてしまうと、他の乗客達も巻き込んでしまうので、電車やバスなどの移動手段も使えない。

一矢もそれがわかっているのか、ただひたすら歩いた。

「……降ろせよ、重いだろ」

「嫌だ。降ろしたら、翔流さんまた逃げる気だから」

「……もう逃げねぇよ。手、繋ぐから」

そう申し出ると、ようやく一矢が降ろしてくれたので、約束通り手を繋ぐ。

そうして二人は、黙々と歩いた。

日が落ちてだいぶ涼しくなったとはいえ、少し歩くだけで汗が噴き出してくる。

「暑いな……」

「そうだね」

「腹減ったし」

「うん」

愚痴った後、翔流は一旦沈黙して続ける。

「でも、おまえとなら、このままどこまででも歩いていけそうな気分だ」

「翔流さん……」

「ごめんな、一矢」

それからありがとう、と小声で告げる。

こんなにあっさりと信じてもらえるなら、もっと早く本当のことを打ち明けていればよかったと反省する。

もう、翔流は一矢から逃げようとは思わなかった。

彼の気持ちを無下《むげ》にするより、二人揃って生き残る道に賭《か》けたかったのだ。

「家に向かってるのか?」

「とりあえずはね」

遊園地は一矢の部屋から電車で小一時間の距離なので、歩いて帰るとなると何時間かかるかわからない。

一矢はスマートフォンで地図を調べながら、なるべく繁華街を避け、人の少ない通りを選んで進んでいた。

一時間ほど経過し、翔流はよく歩いたが、さんざん遊園地で遊んだ後の上にやはり幼児の身体だ。

空腹と疲労で足元がふらついてきて、それに気付いた一矢が有無を言わさず彼を背負った。

「平気だ、降ろせよ」

「こうしてた方が安心だから」

一矢が頑《がん》として聞かないので、翔流も大人しく彼の大きな背中に身を預ける。

正直くたくたで、疲れで眠ってしまいそうだったが、一矢だって相当疲れているはずだと気を引き締めた。

「おなか、空いたよね。なにより水分補給しないと脱水症状起こすから、なにか口に入れないと」

一矢が言うので、翔流は向かいに見えてきた明るい店舗を指差す。

「あそこにコンビニ、あるぞ」

「入ったら、コンビニ強盗に遭うかもしれない」

「……そっか」

あらゆる災難を想定すると、ほとんど選択肢はなかった。

結局、一矢は通る道すがらにあった自販機を物色し、スポーツドリンクと、菓子やシリアルバーが売っているタイプのものを見つけてそれを数点買った。

そして翔流を背中から降ろし、自販機の陰に隠すようにして食べさせる。

その間も、周囲への警戒は怠《おこた》らなかった。

暗い街灯の下で、地面に座り込んで一矢とそれらを分け合い、慌ただしく齧《かじ》る。

だが、不思議と死の恐怖は訪れなかった。

一矢と一緒だと思うと、恐れるものはなにもない気がした。

翔流がもそもそとシリアルバーを咀嚼《そしゃく》していると、ふいに一矢が声を潜める。

「翔流さん、そのままじっとしてて」

「どうした？」

「しっ！」

通りに背中を向けた一矢が腕の中に翔流を抱き込み、自分の身体を盾《たて》にする。

翔流もドキドキしながら息を潜めていると、歩道を制服警官が自転車に乗って通り過ぎていくのが見えた。

警官が行ってしまうのを確認し、一矢が苦笑する。

「僕も未成年だし、こんな時間に子供連れでふらふらしてるの見つかったら間違いなく補導されるからね」

確かに、言われてみればその通りだった。

どうやら自分達の敵は修正の力だけではないらしい。

こうして味気ない夕食を終えると、彼らは再び歩き始めた。

翔流も少し歩き、疲れてくるとまた一矢に背負われるのを延々と繰り返す。

三時間を超える頃になると、さすがに一矢の呼吸も荒くなってきて、途中何度も歩を止めては翔流を揺すり上げ、再び歩き出すことが多くなってきた。

無理もない、ただ三時間歩くだけでも大変なのに、十数キロの荷物を背負っているのだ。疲れないわけがなかった。

「休憩しろよ、一矢。頼むから」

「大丈夫。移動してた方が安全だよ」

いくら言っても一矢が歩くのをやめないので、翔流はその背中でぎゅっと唇を噛んだ。

自分を守るために、どこまでも無理をする彼を見ていると、いてもたってもいられなかった。

「おまえ……優し過ぎるんだよっ、そんなだから、いつも人のことばっか考えて、ガキの頃から損ばっかしてるんじゃんか！」

「性格だからね、急には変えられないよ」

一矢はあっさり一笑《いっしょう》に付して続ける。

「翔流さんこそ、ひどいよ。僕がこんなに好きなのに、まともに告白させてくれもせずに死ぬことばっかり考えてる」

「それは……」

言い訳しようとするが、返す言葉が思いつかなかったので、素直にごめん、と謝った。

「俺……大馬鹿だ……二十歳の時、ちゃんと……おまえのこと……考えてればよかった……おまえの気持ちに、気付いていればよかった」

そうしたら、なにかが変わっていたかもしれないのに。

いくら後悔してもしきれない思いに、悔し涙が込み上げてくる。

「泣かないで、翔流さん。この体勢じゃ涙拭いてあげられないよ」

だが、おんぶで両手が塞《ふさ》がっている一矢は頰擦りするように顔を動かし、翔流の小さな頰に頰で触れてきた。

「その言葉だけで、充分だよ。僕は、いつまででも待つから。翔流さんがもう一度成長するまで、ずっと」

「一矢……」

「だから、今を生き抜くことだけを考えて。またいつかきっと、僕に告白させてくれることだけ考えて」

胸が詰まって言葉にならず、翔流はこくこくと何度も頷いた。

「今、何時だ?」

「十一時半回ったとこ。あと三十分だよ」

街灯の下で腕時計を見るために翔流を降ろすと、一矢はそのまま道端にしゃがみ込んでしまった。

かなり呼吸が荒く、額に滲《にじ》んだ汗が彼の疲労度を表している。

「ごめん……ちょっとだけ休憩」

こんな夜道でじっとしていたら、強盗や通り魔に襲われるかもしれない。

一矢もそれを危惧《きぐ》しているのがわかったが、意志に反してもう身体が言うことを聞かないようだった。

「もういい、いいからそのまま動くな」

それでも立ち上がろうとするのを見るに見かねて、翔流は彼を立たせないようにその首にしがみつく。

シャツの上から一矢の速い鼓動が伝わってきて、自分のためにこんな苦しい思いをさせてつらかった。

「ごめんな……せっかく再会したのに、俺、おまえのお荷物になってばっかで、兄貴分らしいことなんにもしてやれなかった」

悔しくて、悲しくて。

後から後から、涙が溢れてきた。

「おまえ巻き込んで、疲れてて、眠くて、足も痛くて、もう人生で最高にしんどいけど……でも、俺……今まで生きてきて、一番しあわせだって思っちゃってるんだ。どうしてかな……？」

「翔流さん……」

息が詰まるほどきつく抱き締められ、翔流はなにが起きても、一矢が自分の身体を盾にして守ってくれる気なのだと悟った。

十二時まで、あと何分だろう……？

気にはなったが、もうどうでもいいような気もした。

「なにがあっても離れない。ずっと一緒だよ……？」

「……ああ」

そして、彼らは固く抱き合ったまま、ゆっくりと地面に横たわった。

なにが起きても、もう恐れない。

そばに一矢がいてくれるのだから。

あらたな嬉し涙が溢れてくるのを感じながら、翔流はほっと安堵《あんど》してゆっくりと目を閉じた。

そして、次の瞬間。


ガクン、と身体が落ちる衝撃がきて。

翔流はゆっくりと閉じていた目を開いた。

目の前にあるのは、白い天井だ。

ついさっきまで外にいたはずなのに、いったいここはどこなのだろう……？

不思議に思い、仰向けに横たわったままゆっくりと首を巡《めぐ》らせると、そこはどうやら病室のようだった。

少し開けられた窓から、白いカーテンを揺らし心地好い風が入ってくる。

部屋の外からは行き来する人の気配が聞こえてきた。

なぜ、こんなところにいるのだろうと、まだ少しぼんやりした頭で考えるが、翔流は自分の右手が誰かに強く握り締められていることに気付いた。

視線で辿ると、自分が寝ているベッドの足元に誰かがうつ伏せで眠っている。

顔が見えなくても、それが一矢だとすぐにわかった。

「一矢……」

初めて声を出してみたが、しばらく使っていなかった喉は掠れた声しか出せなかった。

が、一矢は叩き起されたようにがばっと跳ね起き、翔流を見た。

「よかった……！　意識が戻ったんだね、翔流さん」

横になったまま、感極まった一矢に抱き締められ、翔流は自分の身体の異変にようやく気付いた。

等身が、元に戻っている。

両手で顔に触れてみても、その手を見ても、元の二十歳の身体だった。

——嘘……なんで……？

すぐには信じられなくて、何度も自分の身体を触って確認してしまう。

額には包帯が巻かれ、打ち身で身体中のあちこちが痛んだが、骨折等はしていないようだった。

「あら、目が覚めたのね！　先生呼んでこなきゃ」

たまたま検温にやってきた中年の看護師が、慌ただしく部屋を出て行く。

翔流が昏睡《こんすい》から目覚めたせいで、周囲はにわかに騒がしくなったようだった。

「翔流さん、三日も意識が戻らなかったんだ。このままもう目を覚まさないんじゃないかと、すごく心配だった……ほんとによかった……っ」

しゃにむに翔流を抱き締めながら、彼の肩は泣いているように少し震えていた。

「三日……？」

一矢からの説明で、翔流は自分が轢き逃げに遭って車に接触し、頭を打った衝撃で三日間意識不明だったことを知らされる。

ということは、ミコトに出会った直前だ。

自分が幼児の翔として一矢と過ごした時間も、また三日間だった。

これは果たして偶然なのだろうか？

それとも、やはりあれは自分が見ていた夢だったのだろうか？

一矢に抱き締められたまま、翔流は周囲を見回すが当然ながらミコトの姿はない。

「翔流さん、どうしたの？　まだ気分悪い？」

茫然としていると一矢が身体を放し、そう案じてきたので、翔流は首を横に振った。

「大丈夫だよ、心配させて悪かったな」

「僕の方こそ……ごめん」

三日間まともに寝ていなかったのか、一矢はひどい顔をしていて、せっかくの色男が台なしだった。

「そういえば、翔流さんが目を覚ます直前に少しうたた寝しちゃったんだけど、面白い夢を見たよ。翔流さんが五歳くらいの子供になってて、ずっと一緒に生活してる夢なんだ」

「……え？」

「すごく不思議な夢だった。子供に戻った翔流さん、すごく可愛かったよ」

一矢が嬉しそうに言うので、翔流はおそるおそる確認してみる。

「一矢、おまえミコト様のこと知ってるか?」

「え……翔流さんがどうして、僕の夢の内容知ってるの?」

ここで二人は、顔を見合わせた。

詳しく内容を聞いてみると、一矢の見たという夢の内容は、この三日間に翔流が体験したものとほぼ一致している。

まったく同じ内容の夢を、二人の人間が同時に見ることなど果たして有り得るのだろうか……?

「やっぱり、夢じゃなかったんだ……いや、一矢にとっては夢だったんだから、夢ってことになるのか?」

翔流は愕然と呟く。

「それじゃ三日間逃げ切ったから、翔流さんは元の身体に戻れたのかな?」

「……わからない」

部屋に柿を食べに来て以来、ミコトは一度も姿を現さなかったし、とにかく彼に会って真相を確かめたいと思った。

「でも、どうでもいいよ。翔流さんが戻ってきてくれた、それだけで……」

「一矢……」

「もう一度、抱き締めてもいい？」

ためらいがちに問われ、翔流は耳まで紅くなりながらも頷いた。

強い力でハグされ、幼児の身体で何度も体感した感触を大人に戻った身体で再確認する。

そして少しも変わらぬ、心地好い感覚にひっそりと目を閉じた。

「おまえのお陰だよ、一矢。おまえが俺を現世に引き戻してくれたんだ。ありがとな」

耳元でそう囁いてやると、一矢の肩が小刻みに震え始めた。

「お帰り、翔流さん……ほんとに、よかった……」

それを聞いているうちに、だんだんと涙が込み上げてきてくる。

ああ、帰ってこられたのだ、一矢の元に。

この確かな温もりが、なによりも嬉しい。

「泣くなよ、バカ……」

口ではそう言いながらも、翔流は自分の泣き顔を見られないように、より一層強く彼の背中を抱き締めたのだった。

◇　◇　◇

たまたま目を覚ました時はちょうど食事に行っていて不在だったが、警察から事故の連絡を受けた両親と覚が故郷から駆け付けてくれていた。

翔流が目覚めたと聞いて病室に戻ってきた母には盛大に泣かれてしまい、心配をかけて悪かったなと反省する。

念のため精密検査をしたが脳波にも異常はなく、幸い翔流の怪我は全身の軽い打ち身程度で済んだ。

だが頭を打ったものの、三日間もの間意識が戻らなかったことについては医師も首を捻り、結局のところ原因不明とされた。

翔流を轢き逃げした車は、翌日運転手自ら出頭してきたらしく、事件としても一応決着がつきそうだ。

その後、一矢が自分の部屋を調べたところ、『翔』のために買い揃えた服や着ぐるみにゃんこパジャマなどはどこにもなく、やはりあれは夢ということになるのだろうかという結論に落ち着いた。

だが、どうにも気になって、翔流は病院を退院したその足で、まず真っ先にミコトに救ってもらうきっかけとなったあの神社を探した。

まだ傷が残っているので、頭と左腕に包帯が巻かれたままなのが痛々しかったが、当人はもうすっかり元気だ。

「……おかしいな、確かにこの辺りだったはずなんだけど」

念のため、周辺の路地一本一本まで念入りに回ってさんざん探してはみたものの、あの日雨宿りしたはずの神社はどうしても見つからない。

「スマホで地図見ても、神社はないみたいだね」

「……ああ」

付き合ってくれた一矢も、一緒に近所の住民に聞き込みをしてくれたが、やはりこの辺りで神社があるとは聞いたことがないとの返事ばかりだった。

やむなく、翔流はこの辺りだったと思う道端に持参してきた果物籠《かご》を置いてお供えとすることにした。

中身は、ミコトの大好物の柿が山盛りに入っている。

なけなしの小遣いをはたいて、買ってきたものだ。

――ミコト様、命を助けていただいて、元に戻していただいて本当にありがとうございました。

こんなことでは到底お礼にならないが、両手を合わせ、心から感謝する。

ふと顔を上げると、隣で一矢も同じように一心に手を合わせていた。

「やっぱり夢だったのかな」

「いや、僕は翔流さんの話、信じるよ。きっとミコト様は本当にいたんだと思う」

「一矢……」

「帰ろうか」

「うん」

ミコトに会えなかったことで少し落胆しながらも、翔流は頷く。

そして二人は並んで歩き出したが、どちらも言葉少なだった。

あんな事故に遭った後なのだからと、両親には一緒に帰省して実家での静養を勧められたが、一矢のそばを離れたくなかった翔流はそれを断った。

自分の元で責任を持って静養させるからと援護射撃してくれた一矢にも、感謝の念に堪えない。

今までの礼と自分の想いをどうやって伝えよう、と考えるが、なかなか切り出せなくて。

そうこうしているうちに、いつのまにか一矢のマンションに着いてしまった。

部屋に戻ると、一矢がコーヒーが苦手な翔流のために、ミルクたっぷりのアイスココア

かった。

　さんざん炎天下の下を歩き回った後だったので、冷たいそれは喉に染《し》み入《い》るほどおいしかった。

「翔流さんに、ちゃんと伝えたいことがあるんだ。聞いてくれる？」

「……ああ」

　あまりに一矢が思い詰めた表情をしていたので、翔流も神妙に頷く。

　彼が、夢の中で逃げていた時に宣言していた、『大人になった翔流に告白し直す』つもりなのだと察したからだ。

　十五年待たずに済んだのは、翔流にとっても一矢にとっても朗報だった。

「まず最初から告白のやり直し、させてほしい。僕は……いつからか憶えてないくらいずっと前から、翔流さんのことが好きで好きで堪らないんだ」

「か、一矢……」

　長年秘めてきた想いをストレートに告げられ、覚悟はしていたものの、聞かされた翔流の方が逆に狼狽《ろうばい》してしまう。

「他の子にはぜんぜん目がいかなくて、いつも翔流さんだけを追いかけてた。何度も告白しようって思ったけど、翔流さんは僕のことを弟分としか思ってないのわかってたし、気持ち悪いって嫌われたらどうしようって思うと怖くて、今までずっと言い出せなかったんだ」

言葉を選びながら、一矢は続ける。

「で、僕も大学生になって上京したら一人前に扱ってもらえるかなって思って、翔流さんを追いかけてこっちに来られる日を一日千秋《いちじつせんしゅう》の思いで待ち続けてた。やっと念願叶って上京して、夏休みの間だけでも一緒に暮らしたくて、下心満載で誘ったんだけど……すぐに後悔したよ。ずっと好きだった人と毎日一緒にいても、想いを告げられない、手も触れられないのがこんなに辛いと思わなかった。襲いかからない自信がなくて……だから避けるしかなかったんだ」

彼の不自然な態度の理由が初めてわかり、翔流は自分がほっとしているのを感じた。嫌われたのではなかったのだと知ると、なによりそれが嬉しかった。

「なんで……すぐ言わなかったんだよ？」

「言えるわけないよ。翔流さん、僕のことぜんぜん恋愛対象として意識してなかっただろ。子供の頃のままの対応だったし」

「うっ……それは……」

確かにその通りだったので、悪かったなと反省する。

「けど、それが原因で目の前で翔流さんが事故に遭った時には、もう死ぬほど後悔した。このまま翔流さんになにかあったら、僕も生きてはいられないと思ったよ。目を覚ましてくれて……本当によかった」

「一矢……」

「もっと早く、たとえ嫌われてもいいから想いを伝えるべきだった」

そして一矢は、その秀麗《しゅうれい》な面差《おもざ》しを上げ、正面から翔流をひたと見据《みす》えて告げた。

「翔流さんが好きだ」

怖ろしいほど真剣な告白が、翔流の胸を貫《つらぬ》く。

こんなにまで一途な愛の告白をされた経験がなかった翔流は、どうしていいかわからなかった。

とにかく、なにか言わなくては。

翔流はようやく、一番の疑問を口にする。

「どうして、俺なんだよ……？　おまえ、すごいモテるし……他に可愛い子、いっぱいいるだろ？　俺なんかの、一体どこがいいんだ」

「聞き捨てならないな。僕が大好きな人のこと、悪く言わないでくれる？」

笑顔でそう切り返され、翔流は耳まで紅くなった。

「夢の中の三日間、翔流さんとずっといられて、一緒にごはん食べて一緒に眠って、そりゃあ五歳の翔流さんにそういう気持ちは抱かなかったけど、なんていうか、家族になれたみたいですごく嬉しかった。たとえもう顔も見たくないって言われたとしても、一生分の思い出もらえた気がする」

どうやら一矢は最初から玉砕《ぎょくさい》覚悟らしく、神妙にそんなことを言い始めたので、翔流は腕組みし、照れ隠しにふんと鼻を鳴らした。

「……俺の返事、聞く前に勝手に決めんなよ」

「え……？」

「俺も……事故に遭った瞬間、ちゃんとおまえの話聞かないでパニクって飛び出したこと、すごく後悔した。なによりこのまま死んだら、おまえが一生重荷を背負うことになるから、絶対に死ねないって思ったんだ」

「翔流さん……」

今思えば、一矢に疎《うと》まれていたと誤解し、あれほどショックだったのも、自分にとってやはり一矢がかけがえのない存在だったからなのかもしれないと気付く。

こないだの告白の時は五歳の身体だったので、自分の気持ちを打ち明けることはできなかった。

けれど今なら、言える。

とはいえ、生まれて初めての告白に、翔流は覚悟を決める。

「俺さ、ガキの頃からずっとおまえのことが可愛くて仕方なかった。久々に会って、想像してたよりずっと大人っぽくなってて、なんだか別人みたいに見えたけど、一緒に過ごすうちに中身は昔のままの一矢だってわかって嬉しかった」

一矢が、勇気を出して告白してくれたのだ。

自分も正直な気持ちを伝えようと、翔流は必死で言葉を選んだ。

「五歳の時もおまえに面倒見てもらって、ずっとそばにいてもらって、あんな不安な状況だったのにすごく救われたんだ。正直、俺には恋愛の好きと友情の好きの区別がつかなくて、よくわかんないけど……おまえのことはすごく大事だよ。ずっとそばにいたいし、おまえに好きって言ってもらえて、今すげぇドキドキしてる。こういうの、恋愛の好きなのかな……？」

自分でもよくわからなくて、思い切ってそう聞いてみると、一矢がいきなり凄い力で抱き締めてきた。

「翔流さん……ほんと⁉　ほんとに僕のこと、好きになってくれた？」

「……」

言葉に出すのは恥ずかしくて、翔流は彼の胸に顔を埋めるようにこっくりする。

「あんな風に命懸《いのちが》けで守られて、惚れるなって方が無理だろ……普通」

ぼそりと呟くと、一矢の腕の力はますます強くなった。

「夢みたいだ……もう死んでもいい」

その言葉に、翔流は右手で軽く彼の頭をはたいてやる。

「こら、縁起でもないこと言うな。もう生きるの死ぬのはコリゴリだ」

「そうだね、ごめん」

ぎゅうぎゅうに抱き締められ、しあわせな息苦しさを堪能していると、ふいに一矢に引き離され、じっと瞳を見つめられる。

「キスしていい……？」

「……いちいち聞くなよ」

照れ隠しに憮然《ぶぜん》と言うと、翔流は思わず目線を逸《そ》らした。

恥ずかしくて、どうにも一矢の顔が正視できなかったからだ。

「翔流さん、ちゃんと僕のこと見て」

目近で甘く囁かれ、おずおずと一矢を見る。

驚くほど真剣な表情の、端整な面差しがゆっくりと接近してきて……。

二人は初めて、唇を重ねた。

ぎこちない、最初は触れるだけの、淡いキス。

「……どうだった？」

感想を聞かれても、パニクり過ぎ、ドキドキし過ぎてなにがなんだかわからないうちに終わってしまったので、翔流は首を横に振る。

「……よくわかんなかった」

「なら、もう一回」

意外なことに一矢も慣れていないらしく、彼の高い鼻が邪魔になりながらも果敢《かかん》に二度目に挑《いど》んできた。

今度は翔流も少し落ち着いて対応でき、ゆっくり目を閉じる。

人の唇が、こんなにも柔らかいなんて知らなかった。

じっとされるがままになっていると、だんだん我慢が利《き》かなくなってきたのか、一矢ががむしゃらに咬合《こうごう》を深めてくる。

突然のことに驚いたが、深く舌を求められ、翔流もおずおずとそれに応えた。

舌を絡ませ合う大人のキスに、頭の中が真っ白になってしまう。

無我夢中でかわす口付けは、眩暈がするほどよかった。

「ふ……ぁ……」

不慣れな口付けで、息継ぎがうまく出来ずに翔流は薄い胸を喘《あえ》がせる。

いつのまにか翔流の身体はソファーの上に押し倒され、それをがっちりホールドする恰好で一矢が覆《おお》い被さっていた。

「おまえ……しょっぱなから飛ばし過ぎ……」

興奮に眦《まなじり》を潤《うる》ませながら、息も絶え絶えにそう抗議する。

すると一矢が一声唸《うな》り、さらに抱き締めてきた。

「翔流さんは可愛過ぎ。どうしてそんなに可愛いの？」

「バカ……っ、俺のこと可愛いなんて言うのおまえくらいだぞ」

ぐしゃぐしゃと髪を掻き回してやると、ようやく一矢が身体を離すが、修行僧のような面持ちで歯を食いしばっている。

「どうした？」

「……今日はここまでで我慢する。翔流さん、まだ怪我が治ってないし」

どうやら翔流の体調を慮《おもんばか》り、全理性を総動員させて我慢する気らしい。

「もう平気だって。それ、我慢できるって状況じゃねぇだろ」

言いながら、翔流は彼のジーンズの前を指差す。

さきほどから太腿《ふともも》に触れる熱い昂《たか》ぶりに、気付かないほど鈍感《どんかん》でもない。

人のことをそう指摘しつつ、自分の方もかなり窮屈《きゅうくつ》なことになっていて、このまま中途半端に止めたらお互いに収まりがつかないと思ったのだ。

「本当に、いいの？」

「……いちいち聞くなって言ったろ」

「……翔流さんっ！」

感極《かんきわ》まった一矢が再び抱きつこうとするのを、すかさず押しのける。

「待った。ここでやる気か？　ベッド行くぞ」

そう言って起き上がり、翔流はリビングを出た。

当然、一矢も後をついてくるので、素知《そし》らぬふりをしてそっとその手を取る。

「僕のベッドの方が大きいから」

「……ああ」

そうして二人は手を繋ぎ、一矢の部屋へと向かった。

「ちょっと待った、そうだ……シャワー……」

途中、バスルームへ方向転換しようとするが、強引に一矢がそれを阻止する。

「やだ。もう待てない」

「お、おい……」

部屋へ連れ込まれるなり、即座にベッドの上に押し倒されたが、なにを思ったのか一矢は突然部屋を飛び出していく。

「……?」

一人取り残された翔流が乱れたシャツを肩からずり落としたままポカンとしていると、彼は瓶《びん》を片手に戻ってきた。

見ると、キッチンにあった料理用のオリーブオイルだ。

それを見て、なにに使う気なのか察しがついた翔流も耳まで紅くなった。

「慣れてなくて……どたばたしちゃってごめん」

「いいよ、俺だってめっちゃテンパってるんだから。俺の前で恰好つけんなよ」

「うん……」

ようやくベッドの上へ乗り上げてきた一矢が、身を乗り出し、翔流の唇にキスをする。

そうして彼らはじゃれ合うようなキスを繰り返しながら、互いの着ている服を脱がし始めた。

一刻も早く触れ合いたくて、多少乱暴にシャツをかなぐり捨て、ジーンズを床の上に蹴り落とす。

そうして勢いで生まれた時のままの姿になったが、いざとなると自身の身体が貧弱だというコンプレックスがある翔流は急に恥ずかしくなってきた。

痛いほどの一矢の視線が肌に突き刺さってくるので、なおさらだ。

思わず身を縮めて隠そうとすると、すかさず一矢に阻止されてしまった。

「どうして隠すの？　翔流さんの身体、もっとちゃんと見たい」

「け、けど……」

恥ずかしい、と小声で訴えると、さらに興奮を煽《あお》られたのか、一矢は「翔流さん、可愛い」とむしゃぶりついてきた。

髪に、頬に、首筋に、鎖骨《さこつ》に。

雨あられと情熱的なキスがお見舞いされ、その感触に翔流はびくびくと身を震わせる。

なにせなにもかもが初めての経験なので身の置きどころがなく、どうしていいかわからなかった。

「妄想《もうそう》の中で、数えきれないくらいこうしてきたけど……下手だったらごめん」

思いがけない告白に、翔流は思わず目を丸くする。

「え……ひょっとしておまえも、初めてなのか？」

「おまえもって、翔流さんも？」

「……」

しまった、語るに落ちたと思ったがあとのまつりだ。

返事の代わりに、翔流はつんとそっぽを向いてやった。

「……俺は、しょうがないだろ。生まれてこの方、モテたことないんだから。でもおまえは違うじゃんか」

「モテたって、僕は翔流さんにしか興味ないんだから、翔流さん以外の人と適当に初体験するなんて考えられないよ。ひどいな、こんなに好きだって言ってるのに、他の誰かと体験済みだと思ってた？」

至極《しごく》当然のように言われ、かっと頬が上気する。

あれだけモテる一矢が、まさか自分のために童貞を取っておいてくれたとは夢にも思っていなかっただけになんだか感動してしまった。

互いに初めてなら、うまくいかなくても当たり前だと肩の力が抜け、ふっと気持ちも楽になる。

「そっか、またお互い様なんだから気楽にいこうぜ」

「ふふ、翔流さんのそういうとこ、すごく好きだよ」

軽く額をぶつけてきた一矢は、そのまま楽しい遊びをするように何度も何度も、飽きることなく唇を啄《ついば》みにくる。

やがて彼のターゲットは、翔流の薄い胸の上で息付いている小さな薄紅色《うすべにいろ》の突起に移った。

まるで母乳を求める赤子のように、夢中で吸いついてくる。

「ひゃ……っ」

執拗《しつよう》に舌先で押し潰され、軽く甘噛みされて、思わずおかしな声が漏れてしまった。

「おまえ……それ、しつこい……っ」

息も絶え絶えの翔流の抗議などどこ吹く風で、一矢は思うさまその小さな突起を堪能し、交互に舌先で転がしている。

「翔流さんのここ、すごくおいしいよ」

「……バカっ」

唾液《だえき》で濡れた乳首のそばで彼の吐息《といき》が触れ、ぞくりと肌が粟立《あわだ》った。

今まではその存在すら意識したことのないそれを弄られ、愛撫され。背筋を貫くような快感が走って、翔流を狼狽させる。

「一矢……っ」

どうしていいかわからず、縋るように恋しい男の名を呼ぶと、その訴えを聞いて一矢の大きな手が、既に痛いほど張り詰めた下肢《かし》にそっと触れてきた。

「ひゃ……っ」

生まれて初めて他人の手に握り込まれ、翔流は想像以上の快感に喉を引きつらせる。だが、自分ばかり気持ちよくしてもらっては悪いと、翔流も必死に手を伸ばし、一矢の下肢に触れた。

既に臨戦態勢のそれは息を呑むほど大きくて、熱くて。

一度触れたのに、思わず手を引っ込めてしまうほど凶悪な生き物のようだった。

翔の時に風呂場で確認済みだが、大きさと重量では確実に負けている。

――くそっ、一矢の奴。身体だけじゃなく、こんなとこまでデカくなりやがって！

多少やっかみ半分で手のひらに握り込み、刺激を与えてやると一矢が低く呻《うめ》いた。

「駄目だ、翔流さんに触られたら、すぐにイッちゃうよ……」

「と、とりあえず一回出して落ち着くか……？」

どちらももう暴発寸前なので、翔流は上ずった声で提案する。

すると一矢はこくこくと頷き、筋肉質な身体でのしかかってきた。

熱烈なキスをお見舞いされながら大きな手のひらの中に二人の屹立《きつりつ》を握り込まれ、翔流はびくりと反応する。

「ぁ……ふ……っ」

触れ合った肌や頬に触れる荒い吐息と、一矢の熱さに翻弄《ほんろう》され、どうにかなってしまいそうだった。

「あ……ぁ……っ！」

快感に不慣れな身体は呆気《あっけ》なく弾《はじ》け、一拍遅れて一矢も墜情《ついじょう》する。

一度射精したことで気持ちにも身体にも少し余裕が出てきて、二人は子猫がじゃれ合うようにベッドの上を転がった。

だが、太腿に触れる一矢のそれはいまだガチガチだ。

「はは……まだぜんぜん収まりつかないや」

「や、やっぱ最後までするの……のか？」

「嫌……？」

「嫌っつうか、入る気しないっつうか……」

元より、翔流の今までの人生でそこは出すところで入れるところではない。

その熱さと質感に本能的な恐怖が先に立ち、つい尻ごみしてしまうと、一矢はそれは悲しげな顔をした。

だが、どれだけ彼が欲しがってくれているのか実感しただけに、この期《ご》に及んで嫌だなどと口が裂けても言えない。

「……よし、俺も男だ。ドンとこい！」

「翔流さん……っ」

覚悟を決めてそう啖呵《たんか》を切ると、感極まったように一矢が抱き締めてきた。

「痛くないように努力するからね」と耳元で囁きながら、彼はオリーブオイルを手のひらに落とす。

それを丹念に指先に絡め、おもむろに翔流が今まで誰にも触れられたことのなかったひそやかな蕾《つぼみ》へと触れてきた。

「……っ」

油のぬめる感触と共にゆっくりと一矢の指が入ってきて、休内を探られる慣れない感覚に翔流は歯を食いしばる。

でないとおかしな声を上げてしまいそうだった。

一矢の指の動きは繊細《せんさい》で、内と外にたっぷりとオイルを塗り込んでいく。

「一本入った。次は二本入れてみるね」

「い……ちいち実況しなくていいっ」

初めは異物感を必死に堪えていた翔流だったが、一矢の指が慎重に内を探っていくと、ふいに電流が走るような快感が背筋を貫いた。

「ひ……ぁ……っ」

思わず頤《おとがい》を反らせ、喘いでしまう。

自分の身体になにが起こったのか、すぐには理解できなかった。

「これ……なに……？」

「前立腺《ぜんりつせん》。ここ刺激すると好くなるんだって」

「おまえ、なんでそんなこと知ってんだよ？」

「ネットとか本で勉強した。……翔流さんとの時に備えて、ちゃんと気持ちよくなってほしいから」

真顔で言われ、翔流は恥ずかしさに身の置きどころがなかった。

「ここ、気持ちいいんだ？」

「や……っ」

狙いすましたようにそこを刺激され、思わず喉が引き攣《つ》る。

もう我慢できない。

あっという間に二度目の絶頂を迎えようとする寸前、一矢の手が前に伸びてきてそれを阻止した。

「まだイッちゃ駄目だよ」

「やだ……っ、は、早くイキたい……っ」

涙目でそう訴えるが、一矢は翔流の欲望を堰《せ》き止めた手を放してはくれない。

「僕もだよ」

早く翔流さんと一つになりたい……と耳元で熱く囁かれ、かっと頬が上気した。

「さ、さっさと入れろよ……っ」

これ以上あれこれされて焦《じ》らされたらどうにかなってしまいそうで、翔流は情緒のないセリフでそう催促《さいそく》した。

すると一矢がやや不服げな顔でのしかかってくる。

「もっと可愛く言って」

「か、可愛くって……」

「可愛く言ってくれるまで、こっちも触ってあげないからね」

と、既に痛いほど張り詰めている翔流自身を指し示す。

「……おまえ、実はけっこうSだろっ」

耐えきれず、自分で触れようとするのも邪魔され、翔流は絶え入るような声音で「い……入れて……」と囁いた。

「うん、今のはすごく可愛かった」

おねだりさせてご満悦の一矢に少々ムカっ腹が立ち、翔流は自由になる足でその引き締まった脇腹に軽い蹴りを入れてやる。

が、すかさず足首を摑んで阻止され、そのまま太腿が腹につくほど折り曲げられ、受け入れる体勢を取らされた。

「後ろからのが楽かもしれないけど、翔流さんの顔が見たいから正面から抱きたい」

耳元でそう熱く囁かれ、ぞくりと肌が粟立った。

「わかったから……」

早く、と促し、ぎゅっと目を瞑る。

さんざん指で解《ほぐ》され、柔らかくなった蕾に熱い感触が触れてきて。

「……っ……」

オイルの助けを借りて、一矢が入ってくる。

「ひ……ぁ……っ」

覚悟は決めていたものの、想像以上の圧迫感に翔流は思わず声を上げてしまった。

「痛いよね。ごめん、ごめんね。もう少しだから……っ」

うっすら目を開けてみると、自分を苦しめている一矢自身も内の狭さに四苦八苦しているらしく、額に汗を滲ませている。

それを見た途端、うまくできなくてもいいのだという開き直りで腹が据わった。

進めた。

「いいよ、ゆっくりやろう」

「翔流さん……」

言葉の代わりに、その大きな背中に両手を回し、抱き締めてやる。

翔流に受け入れられていると感じたのか、一矢からも焦《あせ》りが消え、二人は厳《おごそ》かに行為を進めた。

「やった……ぜんぶ入ったよ」

ほっとしたように大きく吐息をつき、一矢がゆっくりと抽挿《ちゅうそう》を始める。

「はっ……ぁぁ……っ！」

ほんの少し動いただけなのに、やっとのことで受け入れた灼熱《しゃくねつ》の杭《くい》はその存在を主張し、翔流を惑乱《わくらん》させた。

「痛い？　苦しい？」

「……平気、だから……っ」

酸素を求めて喘ぎながら微笑むと、一矢はわずかに萎《な》えかけていた翔流自身をやんわりと手の中に握り込み、優しく刺激し始めた。

「は……っ、か、一矢……っ」

「翔流さんも、気持ちよくなって」

その心遣いが嬉しくて、両足をより一層彼の腰に絡める。

「ん……っ」

「は……ぁ……っ」

そして二人は、目の前に迫ったゴールに向けて一心不乱に抱き合った。

「僕も……もう駄目かも」

快感を堪える、今にも泣き出しそうな一矢の顔が目の前にあり、翔流は思わずその頬を撫でてやる。

「俺も。一緒にイこう」

「うん……」

最後の猛追とばかりに一矢に激しく求められ、閉じた瞳の裏で閃光《せんこう》が弾けた。

「翔流さん、翔流さん……っ」

「一矢……っ、は……ぁぁ……っ！」

最後の頃は、もうなにがなんだかよくわからなくなって。

二人はせわしないキスを繰り返しながら、幸福の絶頂の中でほぼ同時に弾けていた。


「大丈夫？」

「……これが大丈夫に見えるなら眼科に行け」

ぐったりとシーツの上にうつ伏せに横たわっていた翔流は、そう悪態をついた。

「おまえ、でか過ぎ。まだなんか挟まってるみたいだ」

「ごめん」

口ではそう言いつつも、ちっとも反省している様子がなく、笑顔全開の男はまだ火照《ほて》っている翔流の裸体を抱き寄せた。

「次はもっとうまくできるよう努力するからね」

「……おう」

真顔で宣言され、翔流はどんな顔をしていいかわからず頷く。

「でも翔流さんが、元に戻ってくれてよかった……」

子供のままだったら、こんなことできないからね、と耳元で囁かれ、かっと頬が上気する。

「でももしあのままだったとしても、十五年でも二十年でも待つつもりだったよ。それで僕が翔流さんを育てるんだ。最愛の人を自分で育てるなんて、ある意味究極の恋愛かもね」

「……言ってろよ、恥ずかしい奴だな」

本音では嬉しかったが、照れ隠しについ憎まれ口を叩いてしまう翔流だ。

慣れない行為であちこち痛むしひどく疲れたけれど、なんとも言えず満ち足りた気分なのが不思議だった。

「そういえば、俺、おまえに謝らなきゃいけないことがあるんだ」

ずっと胸に引っ掛かっていたことを、翔流は覚悟を決めて切り出す。

「なんの話？」

不思議そうな一矢に、翔流は幼児の時にミコト様に香奈のことを教えてもらい、彼女のアタックを妨害したことを白状した。

「あの時はあの子が三股かけてるのを知って、そんな子と付き合ってもおまえがしあわせになれないって勝手に決め付けて邪魔しちゃったけど、後からそれは俺が決めることじゃないかなって思って。勝手なことして悪かったな」

確認を取ろうにも、あの時はまだ真実を打ち明けられていなかったので、『神様から教えてもらった』などと説明しても信じてもらえるはずがなかった。

神妙な顔でそう謝ると、一矢が噴き出す。

「道理でタイミング良過ぎると思った。彼女とどうこうなる可能性はゼロだったから、僕的になんの支障もないけど、でも嬉しいな。翔流さん、ちょっとはヤキモチ焼いてくれたんだ」

「バ、バカ言え、ヤキモチなんか……！」

焼いてない、と断言できないのがつらいところだ。

言い訳すればするほどドツボにハマるような気がして、翔流は枕で顔を隠して無言の抵抗を示した。

だが、すぐ一矢にそれを取り上げられてしまい、キスの雨を降らされる。

「翔流さん、好きだよ」

「……おう」

「俺もって言ってくれないの？」

「……嫌いなら、こんなことするわけないだろ。俺をなんだと思ってるんだ」

「素直じゃないなぁ」

意地っ張りな翔流の反応に、一矢が苦笑する。

「翔流さんは、黙って僕にメロメロに愛されてればいいんだよ」

「……おまえ、生意気過ぎ」

年下の一矢の方が落ち着いているのが気に食わなくて、翔流はその形のいい額にデコピンしてやった。

◇　◇　◇

翔流が退院して、一週間ほどが過ぎた。

軽傷だった怪我もほぼ完治し、日常生活にも支障はない。

紆余曲折《うよきよくせつ》あった末にようやく想いが通じ合った後は、もう一矢の束縛《そくばく》が大変で、翔流は結局寮には戻らせてもらえず、そのまま一矢の部屋で夏休みを送っていた。

一旦決まっていたバイトも事情を説明して働き出す日時を延期してもらったので、正確に言えばこの一週間、翔流はほとんどベッドから出してもらえなかった。

時として互いの若さは暴走し、こんなことならバイトに行っていた方が静養になったのではないか、と痛む腰を押さえながら考える。

これ以上部屋にいたら身体がもたないと危惧し、翔流はマンションを出た。

当然のように一矢も一緒だ。

「やっぱ見つからないか……」

どうしてもミコトに会ってちゃんとお礼が言いたい翔流は、あれから何度も神社を探して近所を徘徊《はいかい》していた。

何個か柿を買って供えるのも忘れない。

毎回それに付き合っていた一矢だったが、今日はなにやら物言いたげな表情だ。

「なんだよ？」

「……翔流さん、ひょっとしてミコト様のこと好き……なんじゃないよね？」

唐突にとんでもないことを言われ、翔流は目が点になる。

「は？　どこをどうすりゃそういう発想になるんだ。相手は神様だぞ？　好きもなにもあるかよ」

第一どう転んでも恋愛対象にはしてもらえないだろ、と突っ込むが、一矢は不満顔だ。

「だって……僕といる時だってミコト様の話ばっかりするし」

思いのほか嫉妬深い恋人に、翔流は呆れてため息をつく。

「おまえなぁ、この俺がそんな節操無いと思ってんのか？　ふざけんな」

「そんなに怒らないでよ、翔流さ～ん」

「ふふ、我に嫉妬するなど、身の程を知らぬ童よの」

遥か上空の彼方。

雲の上からその光景を眺めていたミコトが、独りごちる。

その手元には前回翔流達が置いていった果物籠があり、彼は柿を一つ取って丸齧りした。

初めは怒っていた翔流だが、追いついた恋人に平身低頭で謝られるとすぐに機嫌を直し、二人はいつもの場所に柿を供えると仲睦《なかむつ》まじげに帰って行った。

すると、隣にはまた性懲《しょうこ》りもなく死神が姿を見せる。

「あ〜あ、可哀そうに。あんなに会いたがってはるのに、もうあの坊の前には現れへんのでっか？」

「そろそろ、気まぐれの遊びにも飽きたのでな」

「またまた、そんな心にもないことを。知ってまっせ？　ミコト様、あの坊が子供の頃からずっと見てきはりましたやろ」

情報通の死神の指摘を、ミコトは艶然《えんぜん》とした微笑み一つで黙らせる。


そう、翔流との初めての出会いは、今から十五年ほど前。

確か、彼が五歳の頃だった。

絶大な力を持ちながらも気まぐれで人間嫌いのミコトは、遥か昔から一つの社《やしろ》に定住することなく、風の向くまま気の向くままにあちこちを旅する流浪《るろう》の身だった。

気が向けば神社に落ち着くが、気に入らないとすぐ森へ籠もってしまう。

人間嫌いのミコトには、都心部よりも自然に囲まれた山奥や滝などの方が遥かに居心地が良いのだ。

だが、その頃はたまたま見つけた地方のとある神社が気に入り、しばらくそこの社に滞在していた。

そこのご神体はかなり神格の高い神だったが、ミコトの居候を黙認してくれたので、彼は気ままに裏の野山を散策し、神社にお参りに訪れる人間達を眺めたりして過ごした。

気の遠くなるような年月の間、人間の欲望に満ちた願い事ばかりを突きつけられ、正直うんざりしていたミコトだったが、私利私欲にまみれた願いを置いていく人間達の中にも、ごく稀《まれ》にただひたすら感謝の意を述べにやってくる者もいた。

『日々、生かしていただいてありがとうございます』

昔から信心深かった翔流の祖母は、いつもそう礼を言ってお参りを終える。

子供の頃から地元に育ち、近くの男性に嫁《とつ》いだ彼女のお参りはかかすことなく続けられ、やがて成長した彼女は我が子を連れてくるようになった。

男の子だったその子も成長し、やがて妻を娶《めと》って子が生まれた。

すると彼女は、その孫を連れてくるようになった。

それが翔流だ。

初めて神社に連れてこられた日。

幼子の彼が物珍しく、ミコトは社を出てふわりと地上に舞い降りた。

人間でミコトの姿を認識できる者はほとんどいない。

だから安心して目近でこの小さな生き物を観察してやろうと思ったのだが、翔流は大きな瞳を瞬《しばた》かせ、じっとミコトを見つめていた。

邪心《じゃしん》のない子供には、大人には見えないものが見えることがあるという。

もしかしたら……と思った時、翔流はなにを思ったか、神社の境内を見回し、たっと走り出した。

「これ、翔流。どこへ行くの？」

祖母の問いかけにも答えず、脇に咲いていた白い花を一輪摘《つ》んで戻ってくる。

そして、それをミコトに向かって差し出した。

「はい」

あまりに自然に差し出され、ミコトは思わず反射的にそれを受け取ってしまっていた。

「……主には我が見えるのか？」

そう問いかけると、翔流は『？』という表情になった。

どうやら言葉が難しくて、意味が伝わらなかったらしい。

するとと祖母が慌ててやってきて、翔流を諌《いさ》めた。

「翔流、神社にあるものは外へ持ち出してはいけないのよ」

「持って帰らないよ。ここのお兄ちゃんにあげるんだから、いいでしょ？」

「お兄ちゃん……？」

「うん、長い髪の綺麗なお兄ちゃん」

と、少年はミコトを指差すが、祖母には当然ながらその姿が見えないので不思議そうに首を傾げている。

思いもかけず人間に姿を目撃され、ミコトは多少動揺しながらふわりと宙に舞い、社の茅葺《かやぶき》屋根の上へ飛ぶ。

「さぁ、そろそろ帰りましょうか」

「うん。お兄ちゃん、バイバイ！」

祖母に手を引かれ、神社を後にする少年は、社の上のミコトに向かって小さな手を振り別れを告げた。

屋根の上に仁王立ちになり、その姿を見送ったミコトは、思わず受け取ってしまった一輪の花を見つめた。

少し思案し、捨てることもできず左耳の上辺りの髪に挿《さ》す。

初めは驚かされたことで少々忌々《いまいま》しく感じたが、次第に楽しい気分になってくる。

それからミコトは、翔流が祖母に連れられてお参りに来るのを楽しみに待つようになった。

とはいえ、人間に姿を見せるのは好ましくないので慎重に身を隠しながら、だ。

二度と己が姿を彼に見せる気はなかった。

初めは自分を探しているのか、翔流はきょろきょろと神社の中を見回していたが、ミコトが姿を見せないと成長するにつれ、一度会っただけの相手のことを次第に忘れていった。

それを寂しく思いながらも、ミコトは時折思い出したように彼の様子を見に行った。

こうして見守り続けてきた少年はすくすくと成長していったが、やがて彼の寿命が二十歳で尽きることを知る。

高校を卒業して郷里を離れ、上京した翔流を追い、ミコトは依然として彼を見守り続けていたのだ。


「人間界には関わらぬようにしておったが……我もヤキが回ったものよ」

たった一人の人間に振り回され、ふと苦笑が漏れる。

長くこの世に留まっているが、過去に人間に叶えて欲しい願いを問われた経験はなく、翔流の気持ちはなにより嬉しかった。

ミコトの銀色の髪には、先日神社で翔流から手向《たむ》けられた白い花が飾られている。ただの偶然かもしれないが、十五年前のあの日と同じように花を手向けてくれた少年の命を救ったことを、ミコトは後悔していなかった。

物思いに耽《ふけ》っていると、死神がふと気付いたように手を打つ。

「ほな、ひょっとしてあの坊を子供にしたのも……？」

「決まっている。我が久々にあの頃の姿を見たかったからだ」

きっぱりそう言い切ったミコトに、死神は半眼状態になった。

「公私混同もはなはだしいとは、このことでんな……」

「なにか言ったか？」

「いいえ、なんにも」

ふるふると首を横に振って否定してから、死神はにやりと人の悪い笑みを浮かべる。

「小さい頃から見守っとったみたいやけど、ミコト様にとったら、あの坊は水槽の中で飼ってるメダカの成長をときどき眺めるくらいの感覚なんでっしゃろ？」

「喩《たと》えが悪いのぅ。せめて金魚くらい言ってやれ」

それは果たして格上げなのか、と思ったらしい死神だったが、肩を竦めてみせるだけに留めておくことにしたようだ。

「あれは我のものだ。今後も手を出すでないぞ」

「相変わらずつれないですなぁ、かなわんなぁ、もう」

すかさず釘を刺してやると、死神はぶつぶつ文句を言いながらもにやついている。

「でも、そんなにあの坊が可愛かったら、なんもせんと早《はよ》う天界に来させた方が都合がよろしかったんちゃいまっか？」

「まぁそれもそうなのだが、みすみすあの若さで死なせるのも切なくてな」

見守り続けるうちに、雛《ひな》の巣立ちを見守る親鳥のごとく親心が芽生えてしまったのだろうか。

まだ初恋すら知らぬまま死なせるには、あまりに不憫《ふびん》だと思ってしまったのだ。

翔流が生まれて初めての恋人に選んだ相手は、ミコトから見てもただひたすら一途《いちず》に彼を愛し続けてきた誠実な若者だったので、とりあえずは黙認してやることにする。

「なに、人の一生など我らから見れば瞬《まばた》きする間に等しい。ほんの一瞬のことよ。無事天寿を全《まっと》うしてこちらに来た時は、今度こそ我が物にするだけのこと」

そう嘯《うそぶ》くミコトに、死神がついと身を寄せ、囁いた。

「やれやれ、人間に執着《しゅうちゃく》すると後で痛い目見まっせ。気ぃつけなはれや」

「余計な世話だ。主には関わりのないこと」

相変わらずのつれない返事にも、死神はへこたれない。

「関係ないことありませんで。ご執心《しゅうしん》の坊がこっちに来るまで、無聊《ぶりょう》を慰める相手が必要やないですか？　道連れにちょうどええ相手が、目の前におると思うんですけどなぁ」

「どういう意味か、と訝《いぶか》しげな視線を送ると、死神は商売道具のタブレットを掲げる。

「はいはい、どうせ一度見逃したんやから、わいも立派な共犯ですわ。毒を食らわば皿までと言いますしな」

見ると『二十歳』だった翔流の寿命は、ミコトが釘を刺す前に既に人間の平均寿命以上に書き換えられていた。

「どさくさに紛れた記載ミスっちゅうことで、どうでっしゃろ？」

「……そなた」

厳罰《げんばつ》覚悟で、自分のために翔流の寿命を伸ばした死神に、さしものミコトも言葉を失った。

「いっつも冗談でかわされ続けてますけど、うちはこれでも一途な男なんやで」

「……たまには気の利いたことをするではないか」

死神のこの気配りを、ミコトはいたく気に入った様子で、柿の一つを彼に放ってやった。

それを片手で受け止め、死神が苦笑する。

「バレたら投獄《とうごく》覚悟で不正に手を染めたっちゅうのに、随分と安い口止め料でんな」

な唇が触れてくる。

「不服か？　では、褒美をやろう」

そう嘯いたミコトは音もなく移動し、死神の首に両手を回して妖艶《ようえん》な笑みを見せた。

人ならぬ、その凄絶《せいぜつ》なまでの美貌に、さしもの死神も見とれているうちに、その魅惑的
な唇が触れてくる。

「ん……」

魂を抜くほどの濃厚な口付けを仕掛けておきながら、死神が積極的に応えようとすると
ミコトはあっさりと彼を放り出す。

「ご、後生やから、もう一回……っ！」

「調子に乗るな」

「メッチャ腰にくるキス仕掛けといて、そんな殺生な！」

口ではそう抗議しながらも、死神はミコトに完全に遊ばれているのを楽しんでいるよう
だった。

「まぁ、時間はたっぷりありますよってな。いつかうちのテクでメロメロにさしたるさか
い、覚悟しときなはれ」

「ふん、あいかわらず口だけは達者だな。お手並み拝見といこうか」

そう嘯き、ミコトは晴れやかに笑った。

木佐貫一矢の熱愛事情

木佐貫一矢《きさぬきかずや》はつい最近、己《おのれ》の半生近くにも渡る長い長い片思いを終え、最愛の人と晴れて恋人同士になった。

今までの人生がつまらなかったとは言わないが、彼、室井翔流《むろいかける》と想いが通じ合ってからの毎日はそれこそ日々薔薇色《ばらいろ》でまるで世界が違って見える。

一矢が初めて翔流と出会ったのは、小学校二年の時だった。

同じクラスになった翔流の弟、覚《さとる》と席が隣になり、自然と仲良くなった一矢はやがて彼の家に遊びに行くようになった。

すると必然的に覚の兄である翔流と顔を合わせるようになり、回を重ねるごとに三人で遊ぶことが多くなる。

年下の子供と遊ぶより、同級生達と遊んだ方が楽しいだろうに、翔流は二人の面倒をよく見てくれた。

キャッチボールやサッカーに将棋《しょうぎ》、その他さまざまな遊びを教えてくれたのは皆翔流だ。

兄はなく、弟はまだ小さ過ぎて遊び相手にならない一矢は実質一人っ子のようなものだったので、翔流を本当の兄のように慕《した》っていた。

その気持ちが、単なる親愛の情だけではないと薄々気付いたのは、小学四年の頃だ。

やがて中学一年で精通を迎え、自慰《じい》の時に頭に思い浮かべるのはいつも翔流だった。

もしかしたら、自分は他の人間とどこか違うのかもしれないと悩んだ時期もあったが、男でも女でも翔流以外の人間にはまるで興味が持てないのだから仕方がないといつしか開き直るようになった。

こうなったら、なにがなんでも翔流を手に入れなければ、自分は一生独りになってしまう。

そんな危機感に煽《あお》られ、一矢は中学、高校と翔流に会えない期間も必死に自分磨きに勤《いそ》しんだ。

会おうと思えば会えたこの数年、わざと会いに行かなかったのも、翔流に弟の親友としての自分ではなく、成長して大人の男になった自分を恋愛対象として意識してほしかったからだ。

二年先に進学のため上京してしまった翔流を想い、たまの電話とメールだけの繋《つな》がりで我慢した。

そして待ちに待った今年の春、一矢は最愛の人を追って東京へとやってきたのだ。

なんとしても翔流との関係を進展させようとあれこれ画策し、夏休みの同居に持ち込み、デートに誘い出したりと涙ぐましい努力をしたが、翔流の対応はあくまでも弟の親友へのものでどう贔屓目《ひいきめ》に見ても恋人へのそれではなかった。

期待が大きかった分だけ落胆がひどく、一矢はつい電話で覚に愚痴《ぐち》を言ってしまったが、それがきっかけで事態は思わぬ方向へ向かい、その後起こった摩訶《まか》不思議な事件のお陰で二人は恋人同士になった。

吉凶《きっきょう》あざなえる縄《なわ》のごとしとは、まさにこのことだ。

翔流と結ばれた今でさえ、一矢はいまだこの幸運が信じられないほどだった。

覚とは今でも親友で、故郷と東京で距離的には離れても頻繁《ひんぱん》に電話やメールで連絡を取っている。

小学生の頃から苦しい恋心を聞いてくれていた親友に、翔流と結ばれた後すぐさま結果を報告した。

兄を泊めると計画していた一矢に、薄々そうなることは察していたようだった覚だが、まさか兄が一矢の想いを受け入れるとは思っていなかったらしく、ひどく驚いている様子だった。

『俺、正直複雑だよ。次兄貴と会った時、どんな顔していいかわかんないや』

話を聞き終えるとそう言って、一旦沈黙した覚だったが。

『でも、おまえが真剣だったの一番知ってるのは俺だから、ヘンな女に振り回されるよりずっと兄貴もしあわせかもしれない。二人がしあわせなら、それが一番なんだよな。長年の恋が実ってよかったな』と言ってくれた。

自分達の関係が世間におおっぴらにできないものだというのは覚悟の上だったが、こうしてたった一人でも理解者がいてくれるだけで随分と救われる思いがした。

パソコンで夏休みの課題のレポートをまとめながらついあれこれ物思いに耽《ふけ》っていると、玄関のインターフォンが鳴る。

待ちかねていたものが到着したと知ると、一矢は財布を手にいそいそと玄関へ向かった。

「毎度ありがとうございます、ハッピーピザです」

玄関を開けると、そこに立っていたのは宅配ピザ店の派手な赤の制服姿の翔流だった。

「ご注文のハピハピクオーターMサイズ一枚とチキン、それにポテトで二千三百円になります」

あくまでマニュアル対応を貫《つらぬ》く翔流の手からピザを受け取って脇に置き、その細腰を引き寄せる。

「その制服も似合うね。すごく可愛い」

臆面《おくめん》もなく感想を述べると、翔流は照れたのか被《かぶ》っていた帽子のツバを下げて顔を隠して抵抗の意を示す。

「あれ、スマイルはゼロ円じゃなかったっけ？　笑顔見せてくれないの？」

「それ、違う店だから」

一矢のボケに突っ込みを入れると、翔流はため息をついた。

「おまえなぁ、配達に俺指名でピザ注文してくるのやめろよな」

「どうして？　翔流さんがバイト中、少しだけでも顔が見たいのに」

翔流がバイトを始めて以来、幾度となく注文したり、帰りに店まで迎えに行ったりしているので、他のバイトとはすっかり馴染《なじ》みになり、最近では一矢が電話するといちいち頼まずとも翔流が配達に来てくれるようになっていた。

「怒った？　ごめん、つい寂しくて」

と、申し訳なさそうに恋人の瞳をじっと覗き込む。

一人は寂しいと常々伏線《ふくせん》を張っているので、翔流は一矢が寂しがりだから夜迎えに来たりするのだと思っているようだが、むろんバイト先の人間に翔流にちょっかいを出す者がいないかどうかを把握するためだ。

こんなに魅力的で可愛い恋人を、無防備にしておけるわけがなかった。

「しょうがない奴だな、夜には会えるだろ」

兄貴肌で甘えられるのに弱い翔流は、ぽんぽんと自分よりだいぶ背の高い一矢の頭を撫でてくれた。

「じゃ、夜までの繋ぎでいいから、ちょっとだけ翔流さんを補充させて」

甘えて暗《あん》にキスをねだると、翔流は照れながらも掠《かす》めるようなキスをくれた。

そこを強引に抱き締め、思う存分濃厚なキスでお返しをする。

「ったく……」

少し潤《うる》んだ瞳で睨《にら》まれても効果はなく、むしろ情欲を掻《か》き立てられた一矢はいっそこのままベッドに連れ込んでしまおうかと本気で考えた。

むろん、そんなことをしたら大好きな恋人に嫌われてしまうので、あくまで妄想するだけに留《とど》めておく。

「お客さんにあんまり笑顔振り撒《ま》いたら駄目だからね。相手が一目《ひとめ》惚《ぼ》れしちゃうかもしれないから」と釘《くぎ》を刺すと、「それ、おまえの妄想だから」と軽く頭をはたかれた。

エレベーターまで見送り、軽いバイクのエンジン音を響かせながら翔流が走り去るのを、ベランダへ出て見送る。

彼がバイトを終えて帰ってくるまで、あと四時間二十分。

その待ち遠しさを楽しみながら、今のうちにやるべきことをすべてこなしておこう。

彼が戻ってきたら、思う存分いちゃつけるように。

最愛の人との蜜月《みつげつ》で、足元がふわついているような気分の一矢だったが、盛夏《せいか》が過ぎて行くにつれ日々別れの不安が押し寄せてくる。

暫定的《ざんていてき》な二人の同居生活は、夏休みまでのことだ。

夏が終われば翔流は再び寮へと戻ってしまう。

当然一矢は、新学期からこの部屋へ引っ越して一緒に暮らして欲しいと切り出したが、予想に反して翔流の返事は色よいものではなかった。

その言い分としては、『ここはおまえの両親が所有してる部屋で、まだ学生の俺が転り込んで同棲するのはよくないと思う』というものだ。

大学を卒業し、就職して自活できるようになったら自分が部屋を借りるから、そうしたら一緒に住もうと恋人は言った。

いかにも一本気な翔流らしい考え方は理解できたが、翔流が就職するまであと二年近くある。

そんなには待てない、というのが一矢の本心だった。

不思議なもので、十年もの片思いに耐えてきた癖《くせ》に、いざ翔流を手に入れるともう一日たりとも離れていることに我慢できない。

さて、どうしたものかと思案しているうちにバイトを終えた翔流が帰ってきたので、一矢はパソコンの電源を落とした。

折《おり》よくレポートも仕上がったので、後はたっぷり恋人との時間を楽しめる。

「お帰り」

一矢が義務付けた、お帰りのハグとキスを少々恥ずかしげに受け、翔流は「ただいま、腹減った」と呟《つぶや》いた。

「仕度できてるよ。翔流さんの好きなハンバーグ」

「マジで？　やった！」

恋人の喜ぶ顔が見たくて、ついつい彼の好物ばかり作ってしまう一矢だ。

用意していた夕食を温め、二人で食べる。

食事の間、翔流が今日あったバイト中の出来事などを話してくれ、それに耳を傾けるひと時が、一矢はとても好きだった。

二人で後片付けを済ませた後、レンタルしてきた映画を観る。

翔流が観たいと言って借りてきた洋画は典型的ハリウッドアクション物だったが、中年のスナイパーがひょんなことから預かってしまった幼児に振り回されるコメディで、なかなか面白かった。

愛らしい幼児を見ているうちに、一矢は自然と五歳児の翔流と過ごした日々を思い出す。

「五歳にされてた頃の翔流さん、可愛かったな。僕と出会った頃の翔流さんはもう十歳くらいだったから、本来なら見られなかった翔流さんに会えてラッキーだった」

「……その記憶は封印しとけ」

五歳児の頃、一矢に甘え倒した憶えがあるだけに、翔流はその話を持ち出されると身の置き場がないほど気まずいようだ。

リビングのソファーに並んで映画を観ていた二人だったが、ふいに一矢は言った。

「翔流さん、抱っこしていい？」

「な、なんだと⁉　駄目に決まってんだろうがっ」

「え〜〜翔くんだった時は、僕にしがみついてお昼寝したくせに」

「う、うるさいっ！　封印しろと言っただろっ」

すると、一矢は天使のような笑顔で悪魔の要求を突きつけてきた。

「僕が抱っこしたい時にしていいなら、封印してもいいけど」

「……‼」

性質《たち》の悪い脅迫者に、翔流は自棄《やけ》になったように立ち上がり、一矢の膝の上を跨《また》いできた。

馬乗りになって、一言。

「……映画が観られないぞ」

「じゃ、こっち向いて」

二人とも映画を観られるようにと、一矢は軽々とその身体を抱き上げ、正面へ向かせて自分の膝の間に座らせる。

背後から抱き締めると、小柄な恋人はちょうどいい具合に一矢の身体に収まった。

「遠慮なくよっかかって。僕は翔流さんの人間ソファーだから」

「……頭の上に顎《あご》乗せんなよ。俺が小さいみたいだろ」

身長差にコンプレックスを感じているらしい翔流が、そんな可愛らしいクレームをつけてくるので、映画などどうでもよくなってこのまま押し倒したくなってくる。

とはいえ、一矢の逞しい胸板に背中を預ける体勢が気に入ったのか、翔流は身体の力を抜いて体重を預けてきたので、一矢も思う存分恋人の温もりを堪能することができた。

このしあわせな時間が、永遠に続けばいい。

本気でそう願う。

「翔流さん」

「ん？」

「翔流さんが先生になったら、どれだけの生徒が翔流さんに恋するかわからない……お願いだから、せめて中学の先生にしといて。高校生だけはやめといてよ。放課後、人気《ひとけ》のない体育館倉庫とかで襲われたら困るから」

「おいおいおい、どこをどうしたらそういう妄想できるんだ？　俺に言い寄る物好きはおまえくらいのもんだぞ？」

と、恋人は本気でそう諫《いさ》めてくるので、一矢はこれ見よがしにため息をついてみせた。

「自分を知らない人は、これだから困る」

「なんだと⁉　もう一度言ってみろ、こら！」

と、翔流が下から一矢の顎に向けて頭突きしてこようとするので、それを素早くかわす。

「いくら翔流さんでも、これだけは譲《ゆず》れないよ。イエスって言うまで……」

「言うまで……なんだよ？」

多少ビビりながらも虚勢を張って問い返す翔流に、一矢はにやりと笑った。

「キスし続ける」

「はぁ？　おまえ、なに言って……」

最後まで続けるより先に、横から翔流の唇に熱烈なキスをお見舞いしてやった。

「ん……う……っ」

濃厚に舌を絡《から》め、吸い上げ、唇で唇を愛撫する。

初めは僅《わず》かに抵抗していた翔流の身体からは次第に力が抜け、やがてくったりとなった。

「降参する？」

「……くそっ、なんでそんな上手いんだ。ついこないだまでしたことなかったくせに！」

キスだけで、もうすっかり息が上がってしまった翔流は、目元を紅く染めて唸《うな》った。

「愛の為《な》せる技だよ」

悪びれもせずにそう答えると、翔流はため息をつく。

「はぁ……わかったよ。おまえに頼まれなくても、最初から中学校志望だよ、俺は！」

「そう、それはよかった」

と、欲しい答えを引き出せて、一矢は満面の笑顔だ。

「ベッドで続き、する？」

「……おまえ、映画観る気ぜんぜんないだろ」

「こんなに可愛い翔流さん前にして、無理言わないでよ」

耳元で甘く囁くと、翔流はわかりやすく耳まで紅くなった。

素直で直情的な恋人が、可愛くて堪《たま》らない。

だが、彼はなにを思ったのか、右手を伸ばして一矢の頭をぽんぽんと撫でてきた。

「もうちょっと、待ってろ。就職したら必ずおまえと暮らすから」

「翔流さん……」

「俺には……おまえだけだから」

照れ屋で、滅多に本音を見せない翔流の思いがけない告白に、一矢は一瞬事態を呑み込めなかった。

が、やがてひたひたと幸福感が彼を満たしていく。

「それ、今からベッドで証明してみせて」

「……発想がオヤジなんだよ、まだ十代の癖に」

口ではそう言いながらも、一矢がひょいと抱き上げると翔流はその首に両手を回してされるがままに寝室へと運ばれる。

「大好きだよ、翔流さん」

本当はこんな言葉くらいでは、この胸に逆巻く激しい感情は到底表現できない。

一途《いちず》な初恋を実らせることができて、今の自分は世界一しあわせな男かもしれないと本気で思った。

すると。

「……知ってるよ」

無愛想な返事の後に、「俺も」と短く返ってきて、一矢は頬を緩める。

万事において抜け目ない一矢は、親の同意を取り付け、証券会社の口座を作った。

デモトレードなどで勉強し始めたばかりだが、貯めた小遣いで既にそこそこの利益を出しているので、いずれはこれで二人の愛の巣の頭金を捻出《ねんしゅつ》するつもりだ。

目指すは在学中同棲。

だが、自分が就職してから部屋を借りる気満々の男気溢れる恋人には、今はまだ内緒にしておこうと一矢はひっそりと微笑んだ。

あとがき

こんにちは、真船《まふね》です。
今回は、こうじまさんのちみっこ見たさにこんなお話になりました（笑）
予想通り、大人翔流《かける》もちみっこバージョンも超可愛くて、一矢《かずや》でなくてもメロメロです！
こうじま奈月《なづき》様、いつもながら素敵可愛いイラストを本当にありがとうございました！

なお、私は生まれも育ちも関東の人間なので、死神の関西弁は編集部の地元出身の方に監修していただいて大変助かりました（笑）
その節はお世話になりました！
そして最近ご無沙汰でしたが、筋金入りのツンデレ美形受け好きなので、ミコト様が書けてとても楽しかったです。

死神とのカップルも超好みなので、いつの日かまた彼らのお話も書けたらいいなと思っております。

でもミコト様、死神に何十年もお預け食らわせてそうな予感が（笑）

というわけで、次作もまた読んでいただけたら嬉しいです。

新刊発売の前などには、以下のブログに情報アップしている予定なので、よかったらときどき覗いてみてくださいね♡

Happy Sweets
http://runoan.jugem.jp

真船るのあ

Hanamaru Bunko

作家・イラストレーターの先生方へのファンレター・感想・ご意見などは
〒101-0063 東京都千代田区神田淡路町2-2-2
白泉社花丸編集部気付でお送り下さい。
編集部へのご意見・ご希望などもお待ちしております。
白泉社のホームページはhttp://www.hakusensha.co.jpです。

白泉社花丸文庫
ちっちゃくなってもきみが好き

2014年3月25日 初版発行

著　者　真船るのあ ©Runoa Mafune 2014
発行人　菅原弘文
発行所　株式会社白泉社
〒101-0063 東京都千代田区神田淡路町2-2-2
電話 03(3526)8070(編集)
03(3526)8010(販売)
03(3526)8020(制作)
印刷・製本　図書印刷株式会社
Printed in Japan HAKUSENSHA ISBN978-4-592-87721-9
定価はカバーに表示してあります。

●この作品はフィクションです。
実際の人物・団体・事件などにはいっさい関係ありません。

好評発売中　花丸文庫

★友達の「好き」と恋人の「好き」の違いは？

親友は熱愛のはじまり

真船るのあ　イラスト＝こうじま奈月　●文庫判

親友・悠弥から卒業間際に告白され、悩む光希。一度は別れの道を選ぶが、彼の事故をきっかけに、自分の気持ちがわからなくなる。諦めたことを後悔する悠弥は、大学生活を送る東京での同居を画策し…!?

★3カ月で立派な紳士に調教いたしましょう！

傲慢執事は華にかしずく

真船るのあ　イラスト＝こうじま奈月　●文庫判

苦学生の迅人の前に突然現れた佐伯という男。迅人が幼い頃生き別れた父親の命令で、一流の教育を施しに来たと告げる。そのまま山奥の別荘にさらわれた迅人は、佐伯の大人の色香に翻弄されて…!?